遍游江山四时春

——游记故事

张　杰　编著

全国百佳图书出版单位
时代出版传媒股份有限公司
黄　山　书　社

图书在版编目(CIP)数据

遍游江山四时春——游记故事 / 张杰编著. — 合肥：黄山书社，2015.7
（古典新读 · 第2辑，中国古代的诗书意趣）
ISBN 978-7-5461-5150-2

Ⅰ. ①遍… Ⅱ. ①张… Ⅲ. ①游记-作品集-中国-古代 Ⅳ. ①I262

中国版本图书馆CIP数据核字（2015）第175725号

遍游江山四时春　游记故事
BIANYOU JIANGSHAN SISHICHUN YOUJI GUSHI
张杰 编著

出 品 人　任耕耘
总 策 划　任耕耘　蒋一谈
执行策划　马　磊
项目总监　高　杨　钟　鸣
内容总监　毛白鸽
编辑统筹　张月阳　王　新
责任编辑　王舒彦
图文编辑　王　屏
装帧设计　李　娜　李　晶
图片统筹　DuTo Time
出版发行　时代出版传媒股份有限公司（http://www.press-mart.com）
　　　　　黄山书社（http://www.hspress.cn）
地址邮编　安徽省合肥市蜀山区翡翠路1118号出版传媒广场7层 230071
印　　刷　安徽联众印刷有限公司
版　　次　2015 年 12 月第 1 版
印　　次　2015 年 12 月第 1 次印刷
开　　本　710mm × 875mm　1/32
字　　数　120千
印　　张　4.75
书　　号　ISBN 978-7-5461-5150-2
定　　价　26.00 元

服务热线　0551-63533706
销售热线　0551-63533761
官方直营书店（http://hsssbook.taobao.com）

前言

中国游记散文的发展历史源远流长，在《穆天子传》《山海经》《孟子》《史记》等古代典籍中就有不少记录游踪和风景的片断。到了秦汉魏晋时期，这类作品大量涌现，不过还处于以描写自然景物为主的初级阶段。唐宋时期，散文大家柳宗元在描绘自然景物的同时，寄寓了自己深刻的感慨和思想感情，游记才开始成为一种独立的文学类型。宋元乃至明清时期，游记散文进一步发展，蔚为大观。

古代游记散文的写法多种多样，有的是按照作者的行踪来写，以时间为序；有的是对某个风景进行综合性的介绍和描写，以空间为序。在表现形式上，有的游记以写实为主，重在再现自然景观的秀美；有的游记以抒情为主，借写景来表达丰富真挚的情感；还有的作

品以说理为主，通过记录游踪、模山范水来说明一个深刻的道理，寓理于情景之中。

不过无论是以写景、抒情还是说理为主，每一篇精彩的游记都融合了作者的人生思考和价值观念，文中的一山一水、一草一木都渗透了作者的情意。本书选取了历代游记散文中最有代表性的三十多篇作品，旨在透过这些描摹名山秀水的锦绣文字去追寻这些游记背后的故事，帮助读者更好地体会作者“登山则情满于山，观海则意溢于海”的情怀与感慨。

目录

名山秀水

寄情写意

名山秀水

岱宗造化钟神秀

泰山，地处中国东部的山东省，古称“岱山”“岱宗”，又称“东岳”，位居“五岳”之首。泰山的历史文化源远流长，自古以来就被看作中华民族的精神之山。泰山地区不但是黄河流域古代文化的发祥地之一，而且是历代帝王封禅祭祀的圣地。自秦至清，共有12位帝王曾到泰山封禅。

历朝历代的帝王将泰山当做神明来崇拜，古代神话中，开天辟地的大神盘古死后，头部化为泰山。泰山被当做国家统一、大权在握的象征，而泰山封禅是几乎所有君王的梦想。《史记集解》所载：“天高不可及，于泰山上立封禅而祭之，冀近神灵也。”唐代文人们尤其热衷于仗剑漫游、游山玩水，大名鼎鼎的泰山更不会错过。开元二十四年（736），大诗人杜甫到兖州省亲，此后大约三四年间，他一直在山东、河北一带漫游，其间写下了歌颂泰山的千古名篇《望岳》：“岱宗夫如何？齐鲁青未了。造化钟神秀，阴阳割昏晓。荡胸生层云，决眦入归鸟。会当凌绝顶，一览众山小。”在这位大诗人的笔下，泰山拥有一种雄伟磅礴的神圣气势。历代文人游历泰山，为后人留下了卷帙浩繁的诗歌和游记。

◎ 马第伯《封禅仪记》

所谓封禅，是古代帝王祭祀天地的典礼。早在夏商周时期，已有封禅的传说。古人认为群山中以泰山最高，因此人间的帝王到泰山去祭过天地，才算受命于天。在泰山顶上筑土为坛，以报天之功，称为“封”；在泰山脚下的小丘梁父山上筑方坛，以报地之功，称为“禅”。秦始皇、汉武帝等都曾举行过封禅大典。东汉建武三十二年（56），东汉的开国之君光武帝刘秀宣称他在夜读《河图会昌符》时，见有“赤刘之九，会命岱宗”之句，认为这是天意指示他举行封禅，于是下诏东封泰山。正月二十八日，刘秀的车驾从洛阳出发，二月九日到达山东曲阜。刘秀也到孔子故居接受孔氏后裔的朝见，并赐酒肉。十一日，封禅的队伍从曲阜出发，次日到达泰山。皇帝与所有随从官员在山下斋戒后，上山正式举行封禅大典。

在典礼举行之前，时任虎贲郎将的官员马第伯受命带领七十人先行登山，检查道路情况。在此过程中，马第伯写下了记述这次检查情况和封禅仪礼的文章《封禅仪记》。这篇文章严格来说是他的工作报告，光武帝正是在得到他的汇报后增派了一千人整修道路。而在文学史上，这篇文章又被后人推崇为游记文学的始祖。文中对泰山的风物，如巨石、松柏、泉水等进行了详尽的描写，在描绘山势的高峻、登山的艰难时，文字细腻真切，令人有身临其境之感。

《封禅仪记》虽然是工作汇报，但文章重在写景，形象生动。短短千余字中写了将近一个月的事情，对泰山的景观、史料、宗教、民俗等均有涉及，对道路考察情况记叙简明，不做细述，重心在于写景状物。这也是本文能作游记来阅读的关键因素。文章的重点是写作者登山及登上山后所见的情景与感受。登山又分成“行到天关”和由天关到天门两个阶段。

泰山十八盘远眺

有一段文字写天关之高险，写得十分精彩：

仰望天关，如从谷底仰观抗峰。其为高也，如视浮云；其峻也，石壁窅竂，如无道径。遥望其人，端端如杆升，或以为白石，或以为冰雪。久之，白者移过树，乃知是人也。

这段话大意是：抬头远望天关，好像从山谷底下仰看高峰一样。山的高耸，如同看飘浮的云彩；山的险峻，石壁深远，好似没有山间小径。远远地望见山上的人，确实像行走的枯树在摇晃，有的像是白色的石头，有的像是雪。长时间观望，白色的物体移动经过树木时，才知道原来是人。文中先写山之高，再状其远，描写生动逼真，令人在泰山的陡峭高远前望而却步。

文中最精彩的部分当推从天关登上天门的描写：

其道旁山胁大者广八九尺，狭者五六尺，仰视岩石，松树郁郁苍苍，若在云中。俯视溪谷，碌碌不可见丈尺。遂至天门之下。仰视天门，窔辽如从穴中视天窗矣。直上七里，赖其羊肠逶迤，名曰环道，往往有绳索可得而登也。两从者扶掖，前人相牵。后人见前人履底，前人见后人顶，如画重累人矣。所谓磨胸捏石扪天之难也。初上此道，行十余步一休，稍疲，咽唇燋，五六步一休，蹀蹀据顿，地不避湿暗，前有燥地，目视而两脚不随。

大意是：在道路旁边，山的两侧，抬头看岩石上的松树，苍翠茂盛，犹如在浮云之中。低头看山谷中的溪流，石块累累，看不清它们的大小。又直着向上行七里路，走的是叫做“环道”的弯曲漫长的羊

泰山岱顶风光（图片提供：微图）

肠小路，道旁常有绳索，可以攀缘而上。两个随从在旁边扶着，前边的人向上爬，后边的人可以看见前人的鞋底，前人可以看见后人的头顶，就像画中那样。刚走上这条路，走十多步就要歇一次，没多久就疲乏了，口干舌燥，五六步就要歇一次。休息时跌跌绊绊地一下坐倒在地上，也顾不得地上潮湿，眼睁睁看着前面有干燥的地方，腿却再也迈不动了。

登山者疲惫不堪的状貌被形象地刻画出来，其中的感受极具个人色彩，使读者宛如目睹身受，从侧面衬托了山路的险峻难行。

由于作者并不是着意为文，也不是专为旅游而作，只在说明情况，因而文章结构自然，语言质朴，描述具体而真切，为后人了解近两千年前古人攀登泰山的情形提供了可贵而生动的实录。这是现存最早的记述攀登泰山的散文作品，对泰山景观的描述为后来游览泰山的文人所称道，以至多次被引用。《封禅仪记》移步换景的写法，也对后世游记散文的写景手法产生了重要的影响，足为楷模。

◎ 王世贞《游泰山记》

历代流传的泰山游记虽然数量众多，但是整体上更偏重实用性和史料性，往往不以描绘景色、抒写性灵为重，其政治性和神秘的一面往往被渲染太多，而泰山天然的雄浑、粗犷、壮阔、博大之美并没有被完全发掘。可以说真正的泰山游记出现在明清两代，以王世贞的《游泰山记》和姚鼐的《登泰山记》为代表，令泰山风光终于在散文家笔下获得了全面而完整的展现。

王世贞像

王世贞（1526—1590）字元美，号凤洲，又号弇州山人，太仓（今江苏太仓）人，明代文学家、史学家。王世贞倡导文学复古运动，是嘉靖年间文坛“后七子”首领，在当时产生了很大的影响。

明朝中晚期文人士大夫旅游之风盛行，游记类文学作品日渐增多。王世贞在走马上任或解职归里途中以及政务之余，喜欢徜徉于山水之间，探访名胜古迹。他每到一地总是会吟诗作文，为后人留下了许多精彩文字。他的游记文章大多情景交融、文采斐然，并且反映了自己的游宦经历、生活情趣乃至社会见识。王世贞的众多游记散文中，以《游泰山记》最为脍炙人口。

游记的第一段开门见山，说明自己曾于嘉靖三十七年（1558）的正月、六月及次年四月三游泰山，而只有第二次值得记录。所以文中对第一次登泰山的叙述甚是简短。游记的精华所在便是第二次登泰山的所见所闻，篇幅约占了全文的十之七八。

即入山，时禾麦甫熟，黄绿间错如绣，拂拂作饼饵香，树杪浓阴晕之，意甚适。……既上，罡风蓬蓬然，吹帽欲堕。道士衣羽奏乐而迎，出没云气中，亦一奇观也。……时天初霁，日益弄色，其东南尽目力，微白而晃漾者以为海耶？直北而西，隐隐一抹苍碧若长城之堞者，则意以为太行、恒、嵩之类耳。至稍远，而淄、渑、济、泗，千流叠带。近而诸山皆若培塿，独徂徕稍尊，居然一衡几。登眺久之，因与徐君语："《传》所称'吴门白马'固未敢信，即'小天下'岂欺我哉？"俄而，诸山各出白云一缕，若冢中起，稍上大如席，凡数百道，则狂驰而遇辄合。其起无尽，其狂驰而遇亦如之。顷刻遂遍成白玉地，而仰视则空青莹然，上下异色。

王世贞第二次登泰山，恰逢"禾麦甫熟，黄绿间错如绣，拂拂作饼饵香"，对于田园风情的描写，反映出作者"意甚适"的愉快心情。从马第伯到王世贞，一千多年已恍然而过，"后人见前人履底，前人见后人顶"的羊肠小径早已修饰整治，而且还有抬夫可雇。登上南天门后，也不会像马第伯那般狼狈，而是"罡风蓬蓬然，吹帽欲堕。道士衣羽奏乐而迎"。虽然由于呼酒谈诗错过日出，但王世贞仍然在大好天气之下恣意纵览，放眼四望，且亲身体会到"登泰山而小天下"的快意。他不但看到了奇异狂放的云海，还走到舍身崖边，只见三面陡壁，下临深渊，极为险峻。康熙皇帝东巡泰山时，曾立誓"三不做"：不封禅，不拜王，不看舍身崖。而王世贞的胆子显然不小，在众人流露惧色时，还以幽默之语让朋友开怀。

后来王世贞遇到连日大雨，几人同寝一室，昼夜诗酒笑谑。他半夜起来看天，"碧净如浣，而大星百余，巨于杯，历历檐角，殆可仰而摘也"，可谓尽情体味了泰山夜色。不料雨一直下个不停，众人冒雨下山，天气变得极冷，穿五层衣服都不够，只好乞求道士借其衣服

泰山岱顶云海日出（图片提供：微图）

来御寒，可谓狼狈之至了。下到十八盘后雨却停了，太阳也出来了，这时王世贞看到了飞瀑，“凡二十余丈，涛翻雪喷，若斗龙吐蛰，玉鳞四飞，珠沫群唾”，当即兴致勃发，光脚立在泉水中，呼酒畅饮，“长歌振林樾”。王世贞此举纯然是本性、天性的自然表露，体现出一片赤子情怀。行文至此，可以说达到了“气从意畅，神与境合”的境界。

次年四月，王世贞再登泰山时，却有了很重的心事，父亲王忬因为滦河战事失利，被奸相严嵩陷害入狱并问死罪。心急如焚的王世贞闻讯即解官奔赴京师图救，经泰山时希望能“乞灵于太岳”。这一次，他在日观峰上看到了日出：

顷之，东方色微辨，而顾余及从者衣洞赤。已睹石室及诸碑碣尽赤，乃见一线赤从东黯霨中起，顾山之背则犹昏然，鸡盖三喔也。又顷之，日轮徐上，云君霓师，金支翠旗，仿佛扈从，于是诸峰城郭尽现，而山之观与世同矣。

此时他笔下的日出壮丽非凡，或许，日轮徐上的壮观景象能让王世贞想到父亲的牢狱之灾尚有一线希望。到京师后，王世贞与胞弟每日在严嵩门外自罚，并托说客请求宽免，终无果。1560 年王世贞扶柩归乡，此后长达八年归隐不出。这个独领明代文坛二十年的盟主，一年半内三登泰山，足可成为泰山文学史上的一个重要事件。

◎ 姚鼐《登泰山记》

姚鼐（1731—1815），清朝著名的散文家，桐城派最重要的代表人物之一。他 33 岁考中进士，1773 年被荐入四库全书馆充纂修官。次年冬，他以养亲为由引退还乡。辞官后，姚鼐冒着风雪从京师来到山东泰安知府朱孝纯的官署，除夕夜，他与朱孝纯等人一道在雪中登上泰山，这篇《登泰山记》就此诞生。这是姚鼐最著名的一篇文章，也是我国文学史上脍炙人口的游记佳作。

姚鼐像

前面讲过，王世贞首登泰山正是正月，由于天气太冷而未能成行，可见寒冬腊月绝不是登泰山的最佳时机。但姚鼐却是在新年期间冒雪登山，可见游泰山之心切。据说姚鼐辞官后心情舒畅，他重获自由之身，首先想的就是要实现早年游遍天下名山的梦想：“他日从容无事，当裹粮出游，北渡河，东上泰山，观乎沧海之无穷，循塞上而西，历恒山、大行、太岳、嵩、华，而临终南……循东海而归，吾志毕矣！……嗟乎！设余一旦而获揽宇宙之大，快平生之志……”（《左仲郛浮渡诗序》）因此，姚鼐是带着“久在樊笼里，复得返自然”的兴奋来到泰山的。

作为桐城派古文的集大成者，姚鼐的文章素以凝练简洁著称，力主古文当以“雅洁”为尚。这篇《登泰山记》就是一篇不到500字的小品文，不过文中容量很大，介绍了泰山，叙说了作者登山的经过，描写了泰山夕照和日出，再现了隆冬时节泰山的壮丽景色。全文如下：

泰山之阳，汶水西流；其阴，济水东流。阳谷皆入汶，阴谷皆入济。当其南北分者，古长城也。最高日观峰，在长城南十五里。

余以乾隆三十九年十二月，自京师乘风雪，历齐河、长清，穿泰山西北谷，越长城之限，至于泰安。是月丁未，与知府朱孝纯子颍由南麓登。四十五里，道皆砌石为磴，其级七千有余。泰山正南面有三谷。中谷绕泰安城下，郦道元所谓环水也。余始循以入，道少半，越中岭，复循西谷，遂至其巅。古时登山，循东谷入，道有天门。东谷者，古谓之天门溪水，余所不至也。今所经中岭及山巅崖限当道者，世皆谓之天门云。道中迷雾冰滑，磴几不可登。及既上，苍山负雪，明烛天南。望晚日照城郭，汶水、徂徕如画，而半山居雾若带然。

戊申晦，五鼓，与子颍坐日观亭，待日出。大风扬积雪击面。亭东自足下皆云漫，稍见云中白若摴蒱数十立者，山也。极天云一线异色，须臾成五采。日上，正赤如丹，下有红光动摇承之，或曰：此东海也。回视日观以西峰，或得日，或否，绛皓驳色，而皆若偻。

亭西有岱祠，又有碧霞元君祠。皇帝行宫，在碧霞元君祠东。是日，观道中石刻，自唐显庆以来，其远古刻尽漫失。僻不当道者，皆不及往。

山多石，少土。石苍黑色，多平方，少圆。少杂树，多松，生石罅，皆平顶。冰雪，无瀑水，无鸟兽音迹。至日观数里内无树，而雪与人膝齐。

桐城姚鼐记。

文章的开头首先介绍了泰山的地理位置和形势，“泰山之阳，汶水西流，其阴，济水东流。阳谷皆入汶，阴谷皆入济”。简单的两句话写出了泰山水绕山流、山水相映的特点，点出了山南山北众多支流纵横交错、终归一河的景色。粗笔勾画了泰山有层次、有色彩、动静交织的总貌。

第二部分，写登山的过程以及作者一行登上山巅观赏晚照的情景。姚鼐十二月从京城动身，冒着风雪，经过齐河、长清县，穿过泰山西北部的山谷，越过长城，来到泰安，风尘仆仆，登泰山的游兴之迫切浓厚由此可见一斑。山道四十五里，石阶七千余阶，山势高拔，道路漫长，“道中迷雾冰滑，磴几不可登”，然而作者不畏难险，依然兴致勃勃。

作者登上泰山之巅后，极目远眺，看到青山上驮着白雪，夕阳照着汶水城郭和徂徕山，山间停留着的云雾像带子一样，景色逼真，意境开阔。“半山居雾若带然”，这一句被人赞为神来之笔，使这幅雪山晚晴图神采立现。

第三部分，着力描写作者一行在日观亭观日出，这是此行的主要活动，也是此文的重点内容。五更时分，姚鼐与友人子颖坐在日观

泰山五大夫松

亭等待日出。这时，大风刮起山上的积雪扑打在他们的脸上，亭子以东从山脚下起都弥漫着云雾。太阳出来前，天色尚暗，从山巅向下俯视，积雪覆盖的群山犹如一枚枚白色的骰子。太阳将出时，在天地相接的地方有一线云层显现出奇异的颜色，并霎时变得五彩缤纷。这一线异色很快扩张、变幻，满天霞光，一派灿烂夺目的景象。升起的太阳色泽赤红，有如丹砂一样，下面又有红光承托，上下辉映。太阳跃动而出的画面犹如东海日出，气势磅礴，奔放豪迈，令人神往。日出后，日观亭以西诸峰有的山得到阳光照射而呈红色，有的得不到阳光照射而现白色。红白杂间的山景渲染了日上后的辽阔境界，群山“皆若偻”，好像这些山也和作者一样被日出的美景所折服。

文章的第四部分，写泰山的名胜古迹和景色特点。日观亭周围有岱祠、碧霞元君祠、皇帝行宫，构成了以日观峰为中心的一组风景图。

泰山上多石头，少泥土。石头是青黑色的，大多是方的，圆的少。山上杂树少，松树多，生长在石缝里的都是平顶松。山上到处是冰雪，没有瀑布，也没有鸟兽的声音和痕迹。而靠近日观亭几里内没有树，雪深得与人的膝盖相齐。泰山苍劲峻峭、冰封雪飘的景象被作者用简洁的短句勾勒而出。

泰山“五岳之尊”石刻

“人生各有适，岂论荣与枯。”姚鼐志不在仕途为官，他知道读书、著书、教书才是最适合自己的终身志业。他的《登泰山记》一文文字节制而精练，其行文精练并不是因为辞官后心情的压抑，这有他同日写下的《岁除日与子颍登日观观日出作歌》一诗为证：“男儿自负乔岳身，胸有大海光明瞰。即今同立岱宗顶，岂复犹如世上人？”充分体现了桐城派对清雅文风的坚持。姚鼐的《登泰山记》与杜甫的《望岳》被公认为泰山文学的绝唱。

黄山归来不看岳

黄山位于安徽省南部，古称“黟山”，唐天宝六年（747），唐玄宗敕令更名“黄山”，其缘由是传说轩辕黄帝曾在此修身炼丹。唐宋以前，黄山地区交通闭塞，游人罕至，更少见于文字记载。唐代开始，黄山上的寺庙宫观日渐增多，黄山之美也逐渐为人所知。泰山的雄伟、华山的险峻、衡山的烟云、庐山的飞瀑、峨眉山的秀丽，黄山无不兼而有之。明代地理学家徐霞客两游黄山后，赞叹道：“登黄山天下无山，观止矣！”“五岳归来不看山，黄山归来不看岳”的美誉由此而来。

◎ 徐霞客《游黄山日记》

徐霞客（1587—1641），名弘祖，字振之，号霞客，汉族，江阴（今江苏江阴市）人。他自幼博览群书，但一生不愿做官，而志在遍访名山大川。22岁那年，徐霞客离开家乡，踏上了旅行考察的路程。在30多年的旅程中，他先后游历了江

徐霞客像

苏、安徽、浙江、山东、河北、河南、山西、陕西、福建、江西、湖北、湖南、广东、广西、贵州、云南等地区，足迹遍及大半个中国。在考察中，他主要是靠徒步跋涉，寻访的地方多是人迹罕至的边地。徐霞客白天跋山涉水，晚上不管怎样疲累，总要在睡前记录下一日的见闻，从无间断。到 54 岁时，他终于完成了《徐霞客游记》。这部著作以日记体形式记述了作者的旅行考察内容，涉及地貌、水文、地质、植物等诸多方面，开辟了我国地理学系统观察自然、描写自然的新方向，被认为是“自古至今未有之奇书”（奚又溥《序》）。《徐霞客游记》不仅具有很高的科学和史料价值，而且文笔质朴生动，不事雕琢，长期以来也作为文学作品传世，被晚明学人钱谦益称为“古今游记之最”（《徐霞客传》）。

明万历四十四年（1616）和四十六年（1618），徐霞客两度登临黄山，写下了详细的游记。

万历四十四年，徐霞客先是游览了黄山西南的白岳山，然后向黄山进发，一路泡温泉，赏怪松奇石。二月初三，他到达黄山脚下的汤口。此时大雪已封山三个月，山路积雪成冰。由于实在无法爬山，徐霞客在初四只好“兀坐听雪溜竟日”；初五，尽管天气依然险恶，却再也忍耐不住，经崖间的小道来到了慈光寺；初六，不顾山路上齐腰深的积雪，与向导一起拿着竹杖向山顶进发。过慈光寺数里，石级越来越险峻，积雪越来越深，徐霞客独自一人走在前面，拿着用筇竹做的手杖来凿冰，“得一孔，置前趾，再凿一孔，以移后趾”。好不容易走到平冈，在奇松怪石交相辉映之间，一群和尚仿佛从天而降。这些和尚被雪阻在山中已经三月，这次勉强出来寻粮。他们告诉徐霞客一行人，只有莲花洞的路可以走。徐霞客赶紧从天都峰侧面攀援而上，再穿过山峰缝隙下山，往莲花洞方向走去，上上下下好几次才到达天门。天门两边有刀削般陡峭的石

《黄山胜景》石涛（清）

壁相夹，中间宽度仅能摩肩而行，高则数十丈，仰面而视，十分阴森，令人毛骨悚然。徐霞客依然凿冰攀登，最后终于如愿以偿地游览了光明顶。

两年之后，徐霞客再回黄山，留下了第二篇《游黄山记》。这篇主要记述了他登天都峰、莲花峰的经历和所见胜景，内容比前一篇更集中，文字也更优美精致。

九月初四，徐霞客来到天都、莲花两峰之间的文殊院，四周奇峰错列，莲花、天都两峰似乎可以伸手触及。他还路遇云游僧人澄源，游兴更浓。登天都峰前，山上的僧人劝他：“天都虽近而无路，莲花可登而路遥。只宜近盼天都，明日登莲顶。”徐霞客却执意不从，决心要登上天都峰。他与游僧澄源两人攀草牵棘，终于登上了天都峰，饱览了峰顶风光，并且见识了黄山“四绝”之一的云雾奇景：

至天都侧，从流石蛇行而上。攀草牵棘，石块丛起则历块，石崖侧削则援崖。每至手足无可着处，澄源必先登垂接。每念上既如此，下何以堪？终亦不顾。历险数次，遂达峰顶。惟一石顶，壁起犹数十丈，澄源寻视其侧，得级，扶予以登。万峰无不下伏，独莲花与抗耳。时浓雾半作半止，第一阵至，则对面不见。眺莲花诸峰，多在雾中。独上天都，予至其前，则雾徙于后；予越其右，则雾出于左。其松犹有曲挺纵横者；柏虽大于如臂，无不平贴石上如苔藓然。山高风巨，雾气去来无定。下盼诸峰，时出为碧峤，时没为银海。再眺山下，则日光晶晶，别一区宇也。日渐暮，遂前其足，手向后据地，坐而下脱。至险绝处，澄源并肩手相接。度险下至山坳，暝色已合。

第二天攀莲花峰时，徐霞客一度对峰下的百步云梯有些困惑，因为这条路刚登上似乎又断了。他怀疑是不是走错了路，犹疑中正要退下，此时隔峰出现了另一个僧人，对方遥遥向他确认。道路极窄而峻，徐霞客从中空的巨石中顺石阶而上，巨石中之“级穷洞转，屈曲奇诡”，令他恍然以为自己身在天外。从巨石出来后，徐霞客与僧人相遇，原来后者是专门在此修行的，他编茅为屋，号凌虚。两人“把臂陟顶”，凌虚以梯渡霞客至峰顶上的又一巨石之巅。登上石巅，天空和四周如此澄碧，昨日游览的天都峰亦显得矮小了些，此时的徐霞客欢喜莫名，他在日记中如此表达：“盖是峰居黄山之中，独出诸峰上，四面岩壁环耸，遇朝阳霁色，鲜映层发，令人狂叫欲舞。”徐霞

云雾缭绕的天都峰

黄山奇景“猴子观海”

黄山奇松

客的游记大多是对旅程和自然风光的如实记录，往往比较客观、冷静，此处竟至如此激动快乐，可见莲花峰胜景之壮丽。

徐霞客对名山胜水的探幽揽胜大多都是“有再三至，有数至，无仅一至者”，二至黄山可为一例。徐霞客本是文人，但是又迥异于那些借山水来抒情言志的文弱书生，表现出那个年代少有的科学探索精神和气魄。在大多数人仍然依靠科举谋求功名的时代，在儒家讲求“父母在，不远游”的伦理氛围中，徐霞客之所以风餐露宿忍饥挨饿去旅游，只是因其志向就在“穷九州内外”，之所以披肝沥胆写下六十多万字的游记，亦绝非为干谒求名，因此种种，徐霞客被后世称为“千古奇人”。

◎ 钱谦益《游黄山记》

钱谦益（1582—1664）字受之，号牧斋，苏州常熟人，明末文坛领袖。他的散文风格铺张扬厉、雄健恣肆，对清代诗文风格有巨大的影响。钱谦益是徐霞客的好友，曾作《徐霞客传》，文中写道：“霞客记游之书，高可隐几。”并盛赞其为“古今游记之最”。

钱谦益像

崇祯十四年（1641）春，年近花甲的钱谦益登临黄山，尽情游历后写了二十几首记游诗，后又补写了九篇游记。钱谦益游黄山的路线与徐霞客类似，但是游记风格却迥然不同，文字洋洋洒洒，夹叙个人感触，属于典型的文人纪游散文。在这九篇游记之中，以第三篇和第八篇最为精彩。

第三篇，钱谦益详细描绘了在观音崖上看到的“云铺海”奇观。文章以生动的笔触，描绘了从起云到铺海到云散的全过程，写得生动具体，让人能从中领略到这一奇观的实况：

> 遂憩于面峰之亭。登山极望，山河大地，皆海也。天将雨，则云族而聚山；将晴，则云解而归于山。山河大地，其聚其归，皆所谓铺海也。云初起如冒絮，盘旋老人腰膂间，俄而灭顶及足，却迎凌乱，迫遽回合，弥漫匼匝，海亦云也，云亦海也，穿漏荡摩，如百千楼阁，如奔马，如风樯，奔踊却会，不可名状。荡胸扑面，身在层云中，亦一老人峰也。久之，云气解驳，如浪文水势；络绎四散，又如归师班马；倏忽崩溃，窅然不可复迹矣。回望老人峰，伛偻如故，若迟而肃客者。

文中写道，云雾初起时犹如头巾，盘旋在老人峰的山脊间；不

黄山北海云涌

一会儿就盖住了老人峰的全部。云有的退后，有的前迎，错杂凌乱，随后逐渐加剧流动，回旋而聚拢，弥漫于山的周边，此时云即是海，海即是云。云的形状如百千楼阁，如奔马，如风樯，云状的不断幻化无可描摹。此时真有荡胸扑面之感，令人感觉自己全身都被云包裹，像是也变成了一座老人峰。过了许久，云气开始解散，就像波浪凭借水势迅速地向四处分散，也像班师撤退的兵马，倏忽间解散，再也无可追觅其踪迹。这种对美景铺开式的描绘在徐霞客的游记里是很少见到的。

当时黄山的路况和游览条件还是像徐霞客时代一样恶劣，这在第四、五篇中都有反映。虽然一路上钱谦益都能找到寺庙住宿，而且他“故好山楼野宿”，但是在文殊院内借宿时，“零露瀼瀼，沾湿巾履，凄神寒骨，峭怆而返”，这半夜站在室外赏景的滋味还真不好受。而且钱谦益毕竟年岁稍长，遇险境时须借两位僧人相助，“照微肘掖余臂，幻空踵受余趾”。他们一行人当然也来到了莲花峰下的百步云梯，攀援时“后趾须前趾，前踵蹠后踵，旁瞰股栗”，由此看来他的确不像徐霞客那么有勇气。幸好那三日天气一直晴朗，“天宇轩豁，如高秋肃晨，一望千里”，所以尽管一路战战兢兢，钱谦益他们终于还是顺利完成了攀登之举，自是忍不住额手相庆。

钱谦益的第八篇《游黄山记》重点写了黄山奇松，“无处不松，无松不奇”：

汤寺以上，山皆直松名材，桧、榧、楩、楠，藤络莎被，幽荫荟蔚。陟老人峰，悬崖多异松，负石绝出。过此以往，无树非松，无松不奇：有干大如胫而根蟠屈以亩计者，有根只寻丈而枝扶疏蔽道旁者，有循崖度壑因依如悬度者，有穿罅冗缝崩迸如侧生者，有幢幢如羽葆者，有矫矫如蛟龙者，有卧而起、起而复卧者，有横而断、断而复横者。文殊院之左，云梯之背，山形下绝，皆有松踞之，倚倾还会，与人俯仰，此尤奇也。

始信峰之北崖，一松被南崖，援其枝以度，俗所谓“接引松”也。其西巨石屏立，一松高三尺许，

黄山始信峰远眺

广一亩，曲干撑石崖而出，自上穿下，石为中裂，纠结攫拿，所谓“扰龙松”也。石笋矼、炼丹台峰石特出，离立无支陇，无赘阜，一石一松，如首之有笄，如车之有盖，参差入云，遥望如荠，奇矣，诡矣，不可以名言矣。松无土，以石为土，其身与皮、干皆石也。滋云雨，杀霜雪，勾乔元气，甲折太古，殆亦金膏、水碧、上药、灵草之属，非凡草木也。顾欲斫而取之，作盆盎近玩，不亦陋乎？

作者先用全镜头的写法，概括“异松”的各种姿态。有些松树干虽细而根分布广；有些松树根虽短而枝叶茂盛；有些松树沿山崖，度山谷；有些松树像皇帝所乘车辇的美丽车盖；还有些像蛟龙，“卧而起，起而复卧”。

后面作者又选取了几个“特写镜头”，对黄山几种独具特色的怪松进行了详细描写。有援其枝以度崖的“接引松”；也有曲干穿石，“石为中裂”的“扰龙松”；还有如首之笄，车之盖，遥望如荠，不可名言的松。更有些松树，以石为土，“滋云雨，杀霜雪，勾乔元气”，被作者认为是“非凡草木”。

另外，度云梯之东，还有一棵被雷劈倒扑地而生的巨松。这种大难不死、反而愈长愈盛的松树，除了让人感到惊异之外，还会产生其他联想。于是，作者又把黄山怪松与“江浙病梅”加以比较，以突出黄山怪松之美。江浙一带卖花的人常选一些弯曲成各种形状的梅花，供人欣赏。这些梅花不能说不美，但毕竟是人工所成，脱离不了人工所为的病态。而由于大自然造物的原因，使松树形成千姿百态的怪状，岂不更令人赏心悦目吗？

经历了这么多奇观逸景，钱谦益“意迷精爽”，盛赞黄山乃“天中之都会，而轩辕之洞府也”。这种与尘世脱离之幻感频

黄山雾凇

频在他游记中出现，反映出他在现实中的不如意。崇祯初年，作为东林巨擘的钱谦益曾任礼部侍郎、翰林侍读学士；崇祯十一年（1638），遭人排挤而被革职贬回原籍。但在内心中，钱谦益对仕途一直有所期待。于是南明时期，他曾去做南明朱由崧王朝的礼部尚书；明亡后，他又仕清，任礼部侍郎而管秘书院事，被人嘲为“两朝领袖”，因而时人对其人格颇有微词。他所谓“买山桃源，朝夕浴于汤池，炼形度世”的许愿其实只是对尴尬处境的逃避，内心里他仍然渴望回到市朝陵谷、堆尘聚块之处。正是在游黄山的这一年，钱谦益迎娶了比他小 36 岁的秦淮名妓柳如是；明亡后，他竟拒绝了柳如是请他一同跳西湖以明志的请求，而选择了先求仕后田园的生活。

如果说徐霞客二度游黄山充分显示出其年轻而豪迈的斗志、勇敢的向外探索精神，以及对自然、对生命的热爱的话，那么钱谦益的黄山之游则是敏感的、小心翼翼的、犹豫在隔世与入世之间的一种情绪。黄山的种种奇绝美景，无意中做了二人精神和心胸的注脚。

桂林山水甲天下

西晋灭亡后南北分裂，绝大多数文人随东晋政权南渡，促进了南方地区经济文化的开发和繁荣。在此之前，南方优美的山川景色，还很少有人注意过。随着南方地区的日益开发，浙江、湖南、福建、广东、广西等地的名山胜水，逐渐进入作家笔下。

例如桂林，因其位于遥远的南蛮之地，在很长一段时间内，如哪位文人触怒了龙颜，桂林就是被贬地之一，比如颜延之、黄庭坚。但是，其实自韩愈起，桂林不但进入了文人的诗歌之中，而且其形象已经发生了根本性的变化。

据史家考证，韩愈本人并没去过桂林。但是长庆二年（822）他为送友人严谟出任桂管观察使所作的《送桂州严大夫》，却对桂林山水作了堪称经典的咏叹。

苍苍森八桂，兹地在湘南。
江作青罗带，山如碧玉篸。
户多输翠羽，家自种黄柑。
远胜登仙去，飞鸾不暇骖。

桂林漓江山水

“八桂”一词源于《山海经》中的“桂林八树”，“八树成林，言其大也”。“江作青罗带，山如碧玉簪”则极为精辟地绘出了桂林山水的特点。桂林之山虽各呈异态，但拔地独立却是其共同特点，而漓江之碧澄蜿蜒亦恰如仙子飘飘的罗带。韩愈用“青罗带”“碧玉簪”这些女性的服饰或首饰作比喻，可以说抓住了桂林山水的女性化特征。因为“桂林山水甲天下”其实只是秀丽甲于天下，其雄伟艰险显然不如陕之华山、川之峨嵋。诗的后半写桂林迷人的风俗人情：本地人多养美丽的翠鸟，并以它作为税赋进贡朝廷，而且家家还种有清甜可口的黄柑。于是在最后，韩愈羡慕地说，到桂州赴任远胜过求仙学道或升官发财。自此，该诗，尤其是“江作青罗带，山如碧玉簪”一句，便与桂林山水相得益彰，传遍天下。虽然杜甫、柳宗元、黄庭坚等也都曾为桂林作诗赋文，但尽管如此，桂林的好山好水在当时还是少为人知。

◎ 范成大《桂海虞衡志·志岩洞》

南宋文人范成大（1126—1193）字致能，平江吴县（今江苏苏州）人。他的文学成就主要在诗词方面，但同时他的散文也体现了宋代散文条分缕析、详细理性的特点。

宋孝宗乾道八年(1172)，范成大受命知广南西路静江府（今广西桂林），在此任职达三年之久。淳熙二年（1175）正月，他转任四川制置使兼知成都府，在由广西入蜀道途中，他追忆写下了《桂海虞衡志》。

这是一部记述广南西路风土民俗的著作。范成大在序言中提到，最初亲友得知他要去桂林时都很担心，“皆以炎黄风土为戚”。他自己倒是很开怀，将杜甫、白居易、韩愈等唐代诗人的诗句拿来安慰亲友，杜甫说“五岭皆炎热，宜人独桂林”，白居易则直言“桂林无瘴气，柏署有清风”，而韩愈更是认为去桂林做官远胜于骖鸾仙去，所以何惧之有呢？到任之后，范成大发现桂林“风气清淑”，果如所闻，“而岩岫之奇绝，习俗之醇古，府治之雄胜，又有过所闻者”。在这三年任期内，他与民众相处融洽，生活恬淡安心，以致当皇帝诏令他改做成都知府时他还表示希望能继续留在此地。后来他无奈动身后，又在旅途中不断思念桂林，可见桂林的确是个宜居之地。他的《桂海虞衡志》将方志未载的风物土宜及边远地区的一些传闻合编，详尽记载了宋代广南西路地区的风土人情、物产资源，以及当地少数民族的社会经济、生活习俗等情况，内容翔实，是研究广西少数民族的重要资料。由此范成大可被称为一个出色的地理学家。

《桂海虞衡志》全书共有 13 篇，分别是《志岩洞》《志金石》《志香》《志酒》《志器》《志禽》《志兽》《志虫鱼》《志花》《志果》《志草木》《杂志》《志蛮》，每篇各有小序。其中《志岩洞》一篇，堪称山水散文的佳作。在此篇中，范成大首先将桂林之山

漓江象鼻山下的水月洞（图片提供：微图）

与他游历过的其他诸山进行对比。他认为太行、常山、衡岳、庐山等名山皆“崇高雄厚”“政尔魁然”，也就是庄严高大，而九华山、黄山、雁荡山等可称之为“奇秀”，“然皆数峰而止耳，又在荒绝僻远之濒，非几杖间可得”。这些山都在偏僻之地，黄山就是个很典型的例子，之所以能够拔乎其萃，乃是因为其岗峦重叠、风景奇秀。但桂林上千座山峰却离都城很近，“皆旁无延缘，悉自平地崛然特立，玉笋瑶簪，森列无际，其怪且多如此，诚当为天下第一”。因此，范成大言：“余尝评桂山之奇，宜为天下第一。”这是第一次出现桂林山水天下第一的赞誉。

范成大对自己游访过的桂林诸岩洞都作了记录，如颜延之被贬始安郡太守（大致在 424—426 年）时因大力倡导读书而命名的读书岩、伏波岩、龙吟洞、栖霞洞、隐山六洞等。所有岩洞之中，最著名的莫过于水月洞，也就是俗称的“象鼻山”。

水月洞，在宜山之麓，其半枕江，天然刓刻作大洞门，透彻山背。顶高数十丈，其形正圆，望之端整如大月轮，漓江别派，流贯洞中。踞石弄水，如坐卷蓬大桥下。

水月洞位于漓江上象鼻山的“象鼻”和“象腿”之间，约形成于1.2万年前，由于洞口朝阳，亦名“朝阳洞”。洞在水上，如明月浮水，十分形象，所以“水月”之名一直沿用至今。“象山水月”是桂林山水一大奇景。宋蓟北处士《水月洞》诗云：“水底有明月，水上明月浮。水流月不去，月去水还流。”

桂林岩洞之中，栖霞洞也素来负有盛名。《志岩洞》中写道：

栖霞洞，在七星山。七星山者，七峰位置如北斗。又一小峰在傍，曰辅星。石洞在山半腹，入石门下行百余级，得平地，可坐数十人。傍有两路，其一西行，两壁石液凝冱，玉雪晶荧，顶高数十丈，路阔亦三四丈，如行通衢中，顿足曳杖，铿然有声，如鼓钟声，盖洞之下又有洞焉。半里，遇大壑，不可进，一路北行，俯偻而入，数步则宽广，两傍十许丈，钟乳垂下累累，凡乳床必因石脉而出，不自顽石出也。进里余，所见益奇。又行食顷，则多歧，游者恐迷途不敢进，云通九疑山也。

栖霞洞自唐时即是旅游胜地，因此范成大对此洞所记较多。此洞其实就是现在著名的七星岩，以雄伟、宽广、曲折、深邃著称，景物丰富，堪称地下宫殿，七星岩的迷人在于其内的石乳、石笋、石柱、石幔、石花等变幻莫测、玄妙无穷，且石灰岩发育得比较完全。此洞在半山腰，进入洞口后下行百余台阶会有一块大的平地，之后分为两路。一路向西，两旁“石液凝冱，玉雪晶莹”，非常宽阔，用手杖敲地会有如敲钟鼓般的声音，由此可知洞下可能还有他洞，继续往前走，遇到一条大壑，无法继续通行。于是转为另一路，此路为北路，先窄后宽，有很多神奇美妙的钟乳石。

◎ 徐霞客《粤西游日记》

崇祯十年（1637）闰四月初八，徐霞客入粤，开始了他近一年的粤西之旅。当时广西与广东合称“两粤”，广西被称为“粤西”，仍属偏远之地。徐霞客在此期间写下了《粤西游日记》，共分四篇。记一所叙是作者从1637年4月至6月的历程，此次游历线路繁多，遍及广西各地。此中最为引人注目的是对桂林七星岩的记叙，不但对其风光山色有多角度的描绘，而且充分考察了七星岩地区的地形特征，对岩洞的结构以及形成原因颇有准确的推测与判断，具有较高的地学价值。

记二从崇祯十年六月起记，至九月九日止，主要记游广西中南部地区。先记柳州洛容的罗山风景，又对柳州周围的风景一一历览。记三记游历广西西部所见，记四则为记三的延续。

在第一篇中，徐霞客对七星洞洞内洞外的地形特征、各个洞穴的方位、相互关系，以及洞内布局、各种景观的名称等，都有极为具体详尽的记录与描写。徐霞客此次出游是与僧人静闻一起，有向导带领。他看到岩壁“攒裂绣错”，石纹忽聚忽裂，如锦绣般灿烂、如金银镶嵌其上。他们择北路，先过一天门，来到深不见底的獭子潭，然后又连过两天门，看见了“花瓶插竹”“撒网”“弈棋”“八仙”“馒头”等奇石，还有被善财童子左右相伴的观音诸像的石景。不过，这些石头神像并不是徐霞客关注的重点，他是一个有科学探索精神的地理学家，时时刻刻关注的是游赏之地的地理脉络、形态

桂林七星岩溶洞（图片提供：FOTOE）

结构、缘变流转。

在洞内再攀崖时，他发现了另一处深潭叫龙江；向东出后洞后，他看到有水自洞北环流，南入洞中，据此推断龙江即来自这流水。从流水上的小桥过去有一洞口，在这里他发现了曾巩之弟曾布留下的一篇记文。原来这个洞昔名“冷水岩”，曾布在此任职时主持修建了小桥，之后该洞也就改为“曾公岩”。根据自己的考察，徐霞客提出，曾公岩与栖霞洞乃是一洞潜通，只是两个洞口各具独特景观。而范成大在《桂海虞衡志》中是将栖霞洞与曾公洞分开记录的，并没有去考察洞内的水何所来、何所往。

这条深入洞中的水流引发了徐霞客的探究之兴。他随即请一正在洗涤和饮水的当地人引路，由曾公洞洞口再次进入，这次他对洞内景观不厌其烦、慷慨地施以浓墨重彩，如：

> 其中有弄球之狮，卷鼻之象，长颈盎背之骆驼，有土冢之祭，则猪鬣鹅掌罗列于前；有罗汉之燕，则金盏银台排列于下。其高处有山神，长尺许，飞坐悬崖；其深处有佛像，仅七寸，端坐半壁菩萨之侧。禅榻一龛，正可趺跏而坐；观音座之前，法藏一轮，若欲圆转而行。

这段文字描绘了洞中形态各异的怪石，有舞球的狮子、卷鼻的大象、长颈凸背的骆驼；有土坟丘前的祭坛，而猪鬣鹅掌罗列于前；有罗汉的宴饮，而金杯银座排列于下；那高处有山神，高一尺左右，飞坐在悬崖上；那深处有佛像，仅七寸高，端坐在半壁前；菩萨的侧边，一个石龛中有坐禅的禅床，正可以盘腿合十而坐；观音法座之前有一个圆形的法轮，好像要转动的样子。此处描写极为生动形象，山神与法轮都被写得动态十足，足可令人对洞内的景观产生非常直观的想象。

《徐霞客游记》也是世界上研究喀斯特地形最早的一本书。徐霞客对岩溶地貌所作的考察和描述，比欧洲人爱士倍尔（1774）要早130 多年。徐霞客用他地理学家的独到眼光和深邃的观察力，加上生动传神的笔触，首次向世界揭示桂林如鬼斧神工般的奇特岩溶地貌特征，展示出一个神奇绚丽如童话般的世界。

◎ 袁枚《游桂林诸山记》

袁枚（1716—1798），清代诗人、散文家，字子才，号简斋，晚年自号仓山居士、随园主人。袁枚在诗文方面一向主张抒写性灵，表现个人生活遭际中的真实感受、情趣和识见，往往不受传统的束缚，有着熟练的技巧和流畅的语言。他的诗作和散文都体现真率自然、清新灵巧的艺术风格。袁枚喜欢四处游历，早年就曾宦游粤西，晚年回乡隐居后，于 67 岁高龄开始壮游天下，祖国的大好河山从南到北、从东到西都留下了袁枚的足迹和诗文。

袁枚画像

袁枚幼时，父亲和叔叔都在外地游幕，家中由祖母主持，一直没有固定的家产，赁屋而居，家徒四壁。袁枚虽然早慧，12 岁就考取了秀才，但兴趣广泛，对科举并不专心，结果在大考中接连败北。乾隆元年（1736），21 岁的袁枚由祖母做主，以二两银子做路费，从家乡杭州千里迢迢去往桂林，投奔当时正在广西巡抚金铁府中任职的叔叔，以寻找新的出路。年轻的袁枚在桂林期间游览了著名的七星岩和栖霞寺。七星岩内千奇百怪的钟乳石让年轻的袁枚大为惊奇、叹为观止，因此作了叙事长诗《同金十一佩恩游栖霞寺并望桂林诸山》以为记。开首即直言桂林山之奇："奇山不入中原界，走入穷边才逞怪。桂林天小青山大，山山都立青天外。"奇妙的山峰只在这边荒之地才显出其千姿百态，桂林的天空甚小，青山却如此高大而巍然耸立。他自然也会入洞探幽："山腰有洞五里许，秉火直入冲乌鸦。""五里许"值得商榷，但他对洞内怪石的描绘却彰显了他非同寻常而又极为浪漫的想象力。他直观的感觉是"怪石成形千百种，见人欲动争谽谺"，它们似乎都在蠢蠢欲动，要张开巨口吓唬人。在他的笔下，有的石头像蚩尤喷妖雾，有的像勇士倒竖头发，有的如袒露右肩的神像，还有的如鬼母戏弄青莲。于是他疑心是否混沌未开前，天地都被熔在这座洪炉里，万千精灵本来正在蹦蹦跳跳，“忽然刚风一吹化为石，清气即散浊气坚。至今欲活不得，欲去不能，只得奇形诡状蹲人间，不然造物主总有菩萨千手千眼，也难一个个来雕镌”。这些想象实际反衬出了各石的形态是多么精致独特。当他出洞远望重叠的群山，又猜测盘古死后身体可能并未消失，而是化作了此地勾连的群山，而茫茫云海中变幻不定的烟气也正是那一天作七十二变的女娲之身所幻化。

三个月后，袁枚离开桂林，前往京城应试博学鸿词科。

乾隆四十九年（1784）十月，在离开桂林 48 年后，69 岁的袁枚再度来到桂林。此时的袁枚已是文坛领袖，名声远播。舟行途中，袁枚饱览桂林山水，写下了许多诗文，表达出他对桂林这个早年寻梦之地的感情。《游桂林诸山记》就是他在此时写下的山水游记。

第一日他先登独秀峰，第二日再入栖霞洞。因为事先准备充分，在道人引导下，他又一次顺利地完成了探幽之旅。这次袁枚没有对七星岩内的怪石再发想象之思，“计行二里余”替换了上一次的“五里许”，这对于洞内深度的估算与徐霞客的观察一致了。不过，他倒是表露了一丝隐忧，担心如果持火者不继续向前或者洞口被堵，会活活当了殉葬品，可见其惜命之心。他在洞内看到一亮处，以为是门，急急去摸，却发现乃是绝壁，于是由此领悟到世人自谓明于理、行乎义而有时却只是走向反面。所以 48 年过去，袁枚对于桂林的才思由想象变为说理，故他的《游桂林诸山记》也就承载了由岁月积淀而来的人生之道。

在这篇游记中，袁枚对桂林诸山作了一总结：

大抵桂林之山，多穴，多窍，多耸拔，多剑穿

桂林诸山

虫啮；前无来龙，后无去踪；突然而起，戛然而止；西南无朋，东北丧偶，较他处山尤奇。余从东粤来，过阳朔，所见山业已应接不暇，单者、复者、丰者、杀者、揖让者、角斗者、绵延者、斩绝者，虽奇鸧九首、獾疏一角，不足喻其多且怪也。

可见，桂林山之奇，在于其特立独行，在于其千姿百态。由此，他为独秀峰写的七律诗反映出他对桂林山奇的评价其实是表达对自我的期许与鼓励：

来龙去脉绝无有，突然一峰插南斗。
桂林山水奇八九，独秀峰尤冠其首。
三百六级登其巅，一城烟水来眼前。
青山尚且直如弦，人生孤立何伤焉？

他把自己的感受深深地锲入了眼前的景观：青山峭直，人性亦刚正。如果我们回顾一下颜延之、黄庭坚、范成大、罗大经等名士为何流落到桂林，且被它深深吸引——或许正是承载了这两者，桂林真不负甲天下之美誉。

西湖千年赏不足

西湖，位于浙江省杭州市的西面，自古以来就以秀丽的山光水色与深厚的人文传统著称于世，被誉为“天下第一湖”和“人间天堂”。汉代传说曾有金牛在湖中涌现，故称为“金牛湖”；隋唐时称“钱塘湖”，又以湖在城西，称“西湖”。北宋时，大文学家苏轼把西湖比作美女西施，又称“西子湖”。

都说西湖美，它到底美到什么程度呢？“未能抛得杭州去，一半勾留是此湖”，白居易《春题湖上》一诗中的名句就是最好的回答。公元 822 年到 824 年，白居易任杭州刺史，在即将离任的前几天，他徘徊在已经不知徜徉过多少回的西湖边，恋恋不舍。“处处回头尽堪恋，就中难别是湖边”（《西湖留别》），在这里他不仅疏浚了输水通道和六井，而且度过了许多“绿藤荫下铺歌席，红藕花中泊妓船”的快乐时光，并留下了许多值得后世永远铭记的诗歌，如《杭州回舫》《钱塘湖春行》《湖上醉中代诸妓寄严郎中》以及文首引用的《春题湖上》《西湖留别》等。他或者直接在题目中、或者在诗句中直接用“西湖”二字，因此世人倾向于认为白居易就是“西湖”的命名者。

而另一位在杭州两度任职的大文人苏东坡则说：“水光潋滟晴方

《西湖胜迹图册——雷峰塔》宋懋晋（明）

西湖“三潭印月”

好，山色空蒙雨亦奇。欲把西湖比西子，淡妆浓抹总相宜。”无论是阴是晴，西湖都美不胜收，就像真正的美人一样，经得起任何条件的考验。西湖之美终因这两位文人之笔而名闻天下。

◎ 白居易《冷泉亭记》

白居易（772—846），字乐天，晚号香山居士，祖籍为山西太原，后迁居下邽（今陕西渭南）。他是唐代伟大的现实主义诗人，是中国文学史上负有盛名且影响深远的诗人和文学家。他主张“文章合为时而著，歌诗合为事而作”，在诗歌方面成就最高，不仅题材广泛，形式多样，而且语言平易通俗。他的文章也很有特色，杂记小品文文笔流畅，写景状物自然生动，清新淡雅。

白居易像

白居易少年时，曾随父避乱越中，广游江南，尤其钟情于苏杭两地。唐长庆二年（822）十月，白居易赴任杭州刺史，前后共二十个月。在这段并不算长的时间里，白居易为杭州做了多件大事。他力排众议，筑堤保湖，兴修水利，引湖水灌溉农田。白居易所筑之堤称“白公堤”，其实湮没已久，后人将西湖白堤附会为白居易所筑，用以纪念他。此外，他还疏浚了六井，以方便百姓饮水。经过白居易的大力整治，西湖的面貌焕然一新，少了几许壮阔，多了几分妩媚，变得更加风姿绰约。西湖“三面云山一面城”的格局也就此大体固定下来。

白居易在西湖边留下了大量的诗文，写西湖山水的诗就有 200 余首，为历代之最。他的诗文中充满真情实感，表达出自己对杭州、对西湖的真爱挚念。《冷泉亭记》一文作于他任杭州刺史的第二年，即长庆三年（823）的八月十三日。作者以杭州现任长官的身份，赞扬前任长官修筑胜景，旨在阐发山水佳境有益身心、陶冶性情的美育作用。

冷泉亭位于灵隐寺前、飞来峰下，唐时建于水中，宋代被移建于岸上，并建起水闸蓄水排洪。“冷泉放闸”成为古代灵隐寺的著名景观之一。白居易在文中没有对冷泉亭本身作具体的描写，而是首先强调杭州灵隐寺本属形胜，指出冷泉亭的位置选择得很好，“高不倍寻，广不累丈，而撮奇得要，地搜胜概，物无遁形”，意即亭子虽然

西湖白堤春色

杭州灵隐寺前的冷泉亭（图片提供：唐国增 /FOTOE）

高不到两寻，宽不超两丈，但是这里集中了最奇丽的景色，包罗了所有的美景，所有景物都一览无遗。

文中第二段是全文精华：

春之日，吾爱其草薰薰，木欣欣，可以导和纳粹，畅人血气。夏之夜，吾爱其泉渟渟，风泠泠，可以蠲烦析酲，起人心情。山树为盖，岩石为屏，云从栋生，水与阶平。坐而玩之者，可濯足于床下；卧而狎之者，可垂钓于枕上。矧又潺湲洁沏，粹冷柔滑。若俗士，若道人，眼耳之尘，心舌之垢，不待盥涤，见辄除去。潜利阴益，可胜言哉！斯所以最余杭而甲灵隐也。

首先写冷泉亭春日夏夜的情趣：春天，爱它花草芬芳，树林茂盛，可以呼吸纯净的空气，使人心平气顺，气血舒畅。夏夜，爱它泉水轻流，清风凉爽，可以消去烦恼，解脱酒后的疲惫，激发兴致。山上的树木是亭子的大伞，四周的岩石是亭子的屏障，云从亭柱上生出，水面与亭阶相齐。接着又写游人在亭上的异趣：坐着可用亭椅下的清泉洗脚；卧着可在枕上垂竿钓鱼。清澈的涧水缓缓在眼前流过，无论是凡夫俗子还是出家人，看到的、听到的、想到的所有肮脏念头，一见冷泉就能都灰飞烟灭。这段文字有情有景，有理有致，清婉美净，娓娓动听，有条不紊，确属一种优美的游记笔墨。

◎ 张岱《西湖七月半》

历朝历代为西湖留下文字的文人名士数不胜数，更有人爱西湖爱到几十年如一日的住在西湖附近，观摹之、欣赏之、吟咏之、梦忆之，这其中最著名的当属晚明文人张岱。

张岱（1597—1689），字宗子，又字石公，号陶庵、蝶庵，晚号六休居士，山阴（今浙江绍兴）人。他是明末清初著名的文学家、史学家、散文家，尤以散文成就最高，著有《琅嬛文集》《陶庵梦忆》《西湖梦寻》《三不朽图赞》《夜航船》《四书遇》等。张岱提倡任情适性的文风，所作的小品文风格清新活泼，意境极佳，而且时杂诙谐，趣味盎然。

张岱像

张岱出生于明代晚期，家世颇为显贵。张岱一生以明亡为界，迥然划分为两个阶段。明亡之前他主要生活地域就是西湖，曾自述“为纨绔子弟，极爱繁华。好精舍，好美婢，好娈童，好鲜衣，好美食，好骏马，好华灯，好烟火，好梨园，好鼓吹，好古董，好花鸟；兼以茶淫谲谑，书囊诗魔”。可谓纨绔子弟的豪奢享乐习气和晚明名士文人玩世颓放作风兼而有之。明亡后，张岱沦为亡国之民，隐居山中，“山厨常断炊，一日两接淅”，凄风苦雨，著书以终。其间他曾于 1654 年、1657 年两至西湖。可是兵燹战火之后，不仅自己及友人的湖庄“仅存瓦砾”，断桥一带也是触目伤怀，“凡昔日之弱柳夭桃、歌楼舞榭，如洪水淹没，百不存一矣”。

《陶庵梦忆》是张岱传世作品中最著名的一部，成书于甲申明亡（1644）之后，直至乾隆四十年（1775）才初版行世，其中有两篇小品文乃是关乎西湖的传世之作，分别是《西湖七月半》和《湖心亭看雪》。

《西湖七月半》主要描写的不是自然风光的美丽，而是侧重刻画赏景之人。文章专注于游人，把他们的情态刻画得生动逼真。

西湖七月半，一无可看，止可看看七月半之人。看七月半之人，以五类看之。其一，楼船箫鼓，峨冠盛筵，灯火优傒，声光相乱，名为看月而实不见月者，看之。其一，亦船亦楼，名娃闺秀，携及童娈，笑啼杂之，环坐露台，左右盼望，身在月下而实不看月者，看之。其一，亦船亦声歌，名妓闲僧，浅斟低唱，弱管轻丝，竹肉相发，亦在月下，亦看月而欲人看其看月者，看之。其一，不舟不车，不衫不帻，酒醉饭饱，呼群三五，跻入人丛，昭庆、断桥，嚣呼嘈杂，装假醉，唱无腔曲，月亦看，看月者亦看，不看月者亦看，而实无一看者，看之。其一，小船轻幌，净几暖炉，茶铛旋煮，素瓷静递，好友佳人，邀月同坐，或匿影树下，或逃嚣里湖，看月而人不见其看月之态，亦不作意看月者，看之。

杭人游湖，巳出酉归，避月如仇。是夕好名，逐队争出，多犒门军酒钱。轿夫擎燎，列俟岸上。一入舟，速舟子急放断桥，赶入胜会。以故二鼓以前，人声鼓吹，如沸如撼，如魇如呓，如聋如哑。大船小船一齐凑岸，一无所见，止见篙击篙，舟触舟，肩摩肩，面看面而已。少刻兴尽，官府席散，皂隶喝道去。轿夫叫，船上人怖以关门，灯笼火把如列星，一一簇拥而去。岸上人亦逐队赶门，渐稀渐薄，顷刻散尽矣。

阴历七月十五是中元节，佛教徒在这一天要追荐亡灵，举行盂兰盆会；道教徒要于此日诵经施食；而普通杭州人则不论男女老少，都要出城游湖作乐。杭人游湖即已蔚为风俗，其人数之众自是相当壮观。张岱将这些人分为五类：一是“名为看月而实不见月”的达官贵人；二是“身在月下而实不看月”的名门闺秀；三是“亦在月下，亦看月，而欲人看其看月”的名妓闲僧；四是“月亦看，看月者亦看，不看月者亦看，而实无一看”的市井之徒；五是“看月而人不见其看月之态，亦不作意看月”的文人雅士。前四类人可谓游者中的大多数，他们大多是“巳出酉归”，早晨出发，下午回城。他们看的哪里是月？分明只是名、只是“人声鼎沸”的热闹，这直接导致湖面上“如沸如撼，如魇如呓，如聋如哑”，喧嚣难忍；他们“篙击篙，舟触舟，肩摩肩”，拥挤不堪，互相看的只是对方的面而已。张岱毫不客气地讽刺了这几类人实际是“避月如仇”。

看到这些描述，今天的读者一定不会陌生，许多风景名胜都常年被游人挤得水泄不通，扰攘喧闹，人们呼朋唤友，拍照、吃喝、笑闹，简直忘了出游最根本的目的。世殊时异，然而西湖边的拥挤与喧嚣依旧。如此喜爱西湖，张岱自然是要参加杭人的游乐活动的，但他属于第五类雅士：

吾辈始舣舟近岸，断桥石磴始凉，席其上，呼客纵饮。此时月如镜新磨，山复整妆，湖复颒面，向之浅斟低唱者出，匿影树下者亦出。吾辈往通声气，拉与同坐。韵友来，名妓至，杯箸安，竹肉发。月色苍凉，东方将白，客方散去。吾辈纵舟，酣睡于十里荷花之中，香气拍人，清梦甚惬。

这些雅士们先藏在树下，或乘小舟先“逃嚣里湖”，等人群散去、也就是“日之余”时，才在断桥上摆席纵饮。“韵友来，名妓至，杯箸安，竹肉发”，良朋、名妓、美酒、音乐四美俱全。此时西湖上的月亮仿佛刚磨过的铜镜，光洁明亮，山峦重新理了妆容，湖水重新整洗面目，景致变得如此清新，而名士们幽赏的乐趣也才正式开始。风雅的朋友来了，出名的妓女也来了，杯筷安置，歌乐齐发……

西湖断桥

直到月色灰白清凉，东方即将破晓，客人才渐渐散去。而这些人放船在十里荷花之间，畅快地安睡，花香飘绕于身边，清梦舒适惬意。在这篇游记中，喧哗与冷寂、庸俗与清雅的对比非常鲜明。张岱不入世俗，对世人的冷眼旁观，体现了他对世俗民情的关注，具有浓郁的生活气息。

张岱生活于明清鼎革之际。由于他出身显贵，家庭条件曾极为优越，而入山后却“布衣蔬食，常至断炊”，因此深切地体会到了亡国之痛。著书与纵情于山水成为他获取精神满足的两条最重要的途径。《西湖七月半》应是自庄子以来中国传统隐逸文化的一个具体体现。对前四类人的嘲讽性描写实际上是张岱对闹世、欲念、情感、繁华的决绝与超越，而第五种人在文末方才活跃起来，表明人唯有摆脱利害得失，超越功名利禄，才能享受到宁静、平和与物我交融的境界。文章最后写：“吾辈纵舟，酣睡于十里荷花之中，香气拍人，清梦甚惬。”这种充满香气的酣梦着实只有懂得幽赏之趣之人方能领略。

◎ 张岱《湖心亭看雪》

张岱《陶庵梦忆》中，还有一篇关于西湖的小品文——《湖心亭看雪》。湖心亭位于西湖之中，据说是宋代整修西湖时以湖泥堆成的人工岛，是西湖三岛之一。明嘉靖三十一年（1552），湖边山上建成亭阁，叫“湖心亭”。这里四面环水，花柳相映，水色山光，是观赏西湖风景的绝佳之处，常有文人墨客登岛赏景。明崇祯五年（1632），张岱就在一个大雪天来到了湖心亭。

崇祯五年十二月，余住西湖。大雪三日，湖中人鸟声俱绝。

西湖湖心亭

是日更定矣，余拏一小舟，拥毳衣炉火，独往湖心亭看雪。雾凇沆砀，天与云与山与水，上下一白。湖上影子，惟长堤一痕，湖心亭一点，与余舟一芥，舟中人两三粒而已。

到亭上，有两人铺毡对坐，一童子烧酒炉正沸。见余，大喜曰："湖中焉得更有此人！"拉余同饮。余强饮三大白而别。问其姓氏，是金陵人，客此。

及下船，舟子喃喃曰："莫说相公痴，更有痴似相公者。"

文中说，崇祯五年十二月，张岱还住在西湖。大雪下了整整三天，湖中人鸟之声俱绝。即便如此，张岱还是在夜深人静的晚上划一小舟，穿着皮裘烤着炉火，"独往湖心亭看雪"。不用说，天气是极度寒冷的，万物皆冰，天与山、水、云因白而融为一体，化为一幅幽静深远、洁白广阔的雪景图。西湖上只能看到长堤、湖心亭、张岱的小舟以及舟中两三个人的影子。没想到湖心亭上竟有两个人铺毡相对

《西湖十景册页——断桥残雪》董邦达（清）

而坐，有一个童子正把酒炉里的酒烧得滚沸。那两个人看见张岱非常高兴，便邀请张岱一同喝酒。原来他们是在此客居的金陵人，与张岱都怀着一种迥绝流俗的孤情雅兴。张岱尽力喝了三大杯后告辞，下船时，船夫喃喃自语地说："不要说相公您痴情于山水，还有比您更痴的人呢！"

古往今来，文人骚客咏雪的诗文数不胜数，而张岱的《湖心亭看雪》历来为人称颂。全文不过 160 多字，将湖心亭夜间的雪景写得气象苍茫、恍惚迷离，表现了作者拥毳围炉、深夜观雪的孤高性格和落寞情怀。《西湖七月半》写喧嚣热闹的西湖之夏，《湖心亭看雪》写孤寂冷清的西湖之冬，一热一冷，对比鲜明，对照观之，充满文趣。

◎ 袁宏道《晚游六桥待月记》

袁宏道（1568—1610），字中郎，号石公，又号六休，荆州公安（今属湖北省公安县）人。其兄袁宗道、弟袁中道也文才出众，合称"公安三袁"，又称"公安派"。袁宏道在文学上提出"独抒性灵，不拘格套"的性灵说，在明代文坛上占有重要的地位。袁宏道的散文中，山水游记所占比例较大，且成就很高，风格上独具特色。张岱在《琅嬛文集》中说："古人记山水手，太上郦道元，其次柳子厚，近时则袁中郎。"。

袁宏道像

袁宏道万历二十年(1592)就中了进士，但始终无意于仕途，而热衷于访师求学，游历山川。万历二十五年（1597），袁

《西湖十景册页——苏堤春晓》董邦达（清）

宏道辞去吴县县令一职，首次漫游西湖，并写下了一系列的游记，如《虎丘记》《初至西湖记》等。《晚游六桥待月记》便是其中最为著名的一篇。题中“六桥”指的是西湖苏堤上的六座桥，由南向北依次名为映波、锁澜、望山、压堤、东浦、跨虹。

西湖最盛，为春为月。一日之盛，为朝烟，为夕岚。

今岁春雪甚盛，梅花为寒所勒，与杏桃相次开发，尤为奇观。石篑数为余言：“傅金吾园中梅，张功甫玉照堂故物也，急往观之。”余时为桃花所恋，竟不忍去。

湖上由断桥至苏堤一带，绿烟红雾，弥漫二十余里。歌吹为风，粉汗为雨，罗纨之盛，多于堤畔之草，艳冶极矣。

然杭人游湖，止午、未、申三时。其实湖光染翠之工，山岚设色之妙，皆在朝日始出，夕舂未下，始极其浓媚。月景尤为清绝，花态柳情，山容水意，别是一种趣味。此乐留与山僧游客受用，安可为俗士道哉！

西湖景色最美的时候在春天，在月夜。日间最美的是早晨的烟雾，是傍晚的山光。这年春雪很多，梅花被寒气所抑，晚至与杏花、桃花次第开放，蔚为壮观。

友人石篑多次告诉作者：“傅金吾园中的梅花是张功甫玉照堂中的旧物，应该赶快去观赏。”但作者当时迷恋着桃花，竟舍不得离开湖上。从断桥到苏堤一带，绿柳迎风如绿烟，桃花盛开似红雾，弥漫二十多里；美妙的歌声随风飘扬，带粉香的汗水如雨流淌；穿着各色丝绸的游客简直比堤畔上的青草还多，艳丽之极。

西湖苏堤上的东浦桥

然而杭州人游览西湖，却仅在上午十一时到下午五时之间；其实湖光山色都在朝日初升、夕阳未下时才最浓艳。月景之美，更是难以形容。那花的姿态、柳的柔情、山的颜色、水的意味，更是别有情趣韵味。这种快乐只能留给山僧和游客享受，又怎么能够对那些凡夫俗子述说呢！

寄情写意

游不尽的楼阁亭台

在许多著名的风景名胜地，常常能见到亭台楼阁等建筑物。这些楼阁多在江岸、海堤等临水之地，登高怀古，极目远眺。达官显贵、文人骚客聚于楼上，或宴请宾客，举杯畅饮，高谈阔论；或吟诗作对，诗文辞赋，高山流水；或歌太平盛世；或忧天下疾苦，低吟浅唱，令人神往。士人虽然悠游于山水园林之间，崇尚隐逸的生活，热爱林泉之乐，却始终心系天下，积极入世。他们创作的这批记体文章，具有非常高的文学价值，这些广为流传的名篇更使得名楼享誉四海。

◎ 王羲之《兰亭集序》

兰亭，位于浙江省绍兴市西南的兰渚山下，环境清幽，风景秀丽。相传春秋时越王勾践曾在此植兰，汉时设驿亭，故名“兰亭”。东晋永和九年（353）的三月初三，大书法家王羲之在兰亭组织了一场一年一度的风雅集会，兰亭从此名闻天下。

王羲之像

王羲之（303—361）字逸少，出身于东晋的豪门大族，祖籍琅琊（今属山东临沂），后迁会稽山阴（今浙江绍兴）。他自幼酷爱书法，勤学苦练，集前代书法家之大成，自成一家，对后世影响极为深远，被后人推为“书圣”。

从周代起，人们就有在农历三月初三“上巳日”这一天到水边嬉游、洗濯，借以除灾去邪的习俗，古俗称为“祓禊”“修禊”。到魏晋时期，这个习俗逐渐发展为文人饮酒赋诗的集会。351 年王羲之担任会稽内史后，几乎每年都在兰亭与挚友相会，一起饮宴、作诗、清谈。永和九年的那次雅集规模最大，参加者最众，与会的名流有正在东山隐居的谢安、谢安的弟弟谢万、辞赋家孙绰、高僧支道林等，有武士、同僚、辖官，以及王羲之的儿子献之、凝之、涣之、玄之、徽之，等等。单从这些人的名字，就不难想象这场集会的等级、情趣和格调。

永和九年的三月初三，会稽山地区天朗气清、春风和畅，再加茂林修竹、清流激湍，兰亭风景愈发盎然有生气，而众名士齐聚于此，更是为兰亭带来千年之辉。

这次聚会的一个重要项目就是曲水流觞。42位名士列坐在回环婉转的溪水旁，让书童将已经斟酒的羽觞放入溪中，任其顺流而下。羽觞在谁的面前触岸停止，谁就得赋诗，如若吟不出，则须罚酒三杯。这次兰亭雅集，有 11 人成诗两首，15 人成诗一首，16 人做不出诗各罚酒三杯，王羲之的小儿子王献之年方 9 岁，也被罚了酒。到了清代，有诗人曾作打油诗取笑王献之：“却笑乌衣王大令，兰亭会上竟无诗。”在这样清雅的环境里，文人们以这种聚会郊游的方式，仰观宇宙之大，俯视大地万物之盛，双目满足了对自然风景的渴望，而内心也因视野开阔、志趣相通而倍感畅快。对这些名士来讲，春风、香草、修竹、清泉与美酒，已足以涤荡心胸、去除凡尘之埃了。

最后，这次所赋诗作都被汇集起来，名士们公推此次聚会的召集人王羲之写一序文，以记录这次雅集。于是，王羲之不但将诸位名爵

绍兴兰亭鹅池碑亭

及诗作一一记录，并在蚕纸上即席挥洒，写下了28行、324字的千古名文《兰亭集序》。全文如下：

永和九年，岁在癸丑，暮春之初，会于会稽山阴之兰亭，修禊事也。群贤毕至，少长咸集。此地有崇山峻岭，茂林修竹，又有清流激湍，映带左右。引以为流觞曲水，列坐其次。虽无丝竹管弦之盛，一觞一咏，亦足以畅叙幽情。

是日也，天朗气清，惠风和畅。仰观宇宙之大，俯察品类之盛，所以游目骋怀，足以极视听之娱，信可乐也。

夫人之相与，俯仰一世。或取诸怀抱，晤言一室之内；或因寄所托，放浪形骸之外。虽趣舍万殊，静躁不同，当其欣于所遇，暂得于己，快然自足，不知老之将至。及其所之既倦，情随事迁，感慨系之矣。向之所欣，俯仰之间，已为陈迹，犹不能不以之兴怀。况修短随化，终期于尽。古人云："死生亦大矣！"岂不痛哉！

每览昔人兴感之由，若合一契，未尝不临文嗟悼，不能喻之于怀。固知一死生为虚诞，齐彭殇为妄作。后之视今，亦犹今之视昔，悲夫！故列叙时人，录其所述。虽世殊事异，所以兴怀，其致一也。后之览者，亦将有感于斯文。

文章首先记述了集会的时间、地点及与会人物。接着描绘兰亭所处的自然环境和周围景物，语言简洁而层次井然。先写崇山峻岭，清流激湍，再顺流而下转写人物活动及其情态，动静结合。然后再写自然物色，由晴朗的碧空和轻扬的春风，推向寥廓的宇宙及世界万物，意境淡雅，情调欢快畅达。

但天下没有不散的宴席，有聚合必有别离。在这良辰美景中，王羲之于第二段发出议论，感叹人生苦短，流露着一腔对生命的向往和执着的热情。他说：“夫人之相与，俯仰一世。”当人们遇到自己想要的东西时，都会很愉悦、很快意，全然意识不到一转身即是一辈子，在得到满足之时其实又向衰老靠近了一步，所以，美好的宴会虽然是“欢乐难具陈”，但宴会之后人就会恍悟“欢乐极兮哀情多，少壮几时兮奈老何！”（汉武帝《秋风辞》）而且，人们的需求还会时时发生变化，总是刚一得到就会厌倦，“及其所之既倦，情随事迁，感慨系之矣”。

兰亭集会时，王羲之已过知天命之年，对生命和死亡都有了更多的领悟。他认为，古代人写文章的起因跟他是一样的，一定也是在转瞬之间于沧桑而剧烈的变动中体悟了人生的无常，由此而起意兴怀。死亡是一件极为重大的事，是将生命彻底斩断，于是，死与生怎可能相同呢？活了八百八十年的彭祖与不幸早夭之人享受过的人生又岂是可以一而论之的？于是他将庄周的“一死生”“齐彭殇”斥为“妄作”。这种对生命的珍惜和热爱、对死亡的无法释然使王羲之迥然有别于逍遥洒脱的庄子。

虽然悲观，但王羲之并没有像东汉那些无名文人那样倡导“何不策高足，先据要路津”，或者“今朝有酒今朝醉”，他自有他的处世之道。公元355年，也就是兰亭集会两年后，王羲之辞去官职，“携子操之由无锡徙居金庭。建书楼，植桑果，教子弟，赋诗文，作书画，以放鹅弋钓为娱”。他弃官后，与许询、支道林等人遍游剡地山水，寄情自然，并为之叹曰：“我卒当以乐死。”361年，王羲之卒于金庭（今绍兴），朝廷赠金紫光禄大夫，“诸子遵父先旨，固让不受”，可见其志。李白专为其写诗，“右军本清真，潇洒出风尘”（《王右军》），对其品性作了精确之评。

《兰亭修禊图》【局部】文徵明（明）

除了寄情自然以外，王羲之将对人生的认识和追求全部倾注到了书法之中，达到了很高的艺术水平。宋齐之间，世人一度将其子献之推至书学最高地位，但是经梁武帝萧衍、唐太宗李世民之品评，王羲之在书学史上至高无上的地位最终被确立并巩固下来。太宗认为唯有右军“尽善尽美”，“玩之不觉其倦，览之莫识其端，心慕手追，此人而已。其余区区之类，何足论哉！”《兰亭集序》被尊为“天下第一行书”，唐太宗想尽办法得到真迹，并将其带至自己墓中殉葬。同时，王羲之的文才与其书法一样，“高爽有风气，不类常流”（《世说新语·赏誉》），《兰亭集序》足可为证。

《兰亭集序》传说是王羲之趁着酒酣之际，用蚕茧纸、鼠须笔疾书而成，通篇气息空灵、潇洒自然；用笔飘逸，既有精心安排的艺术匠心，又没有做作雕琢的痕迹，自然天成，被誉为“天下第一行书”。《兰亭集序》既是王羲之书法的代表作，也是中国书法艺术史上的一座高峰。文章的真本始终珍藏在王氏家族之中，一直传到王羲之的七世孙智永。智永少年出家为僧，也是一位卓有成就的书法家。他在临

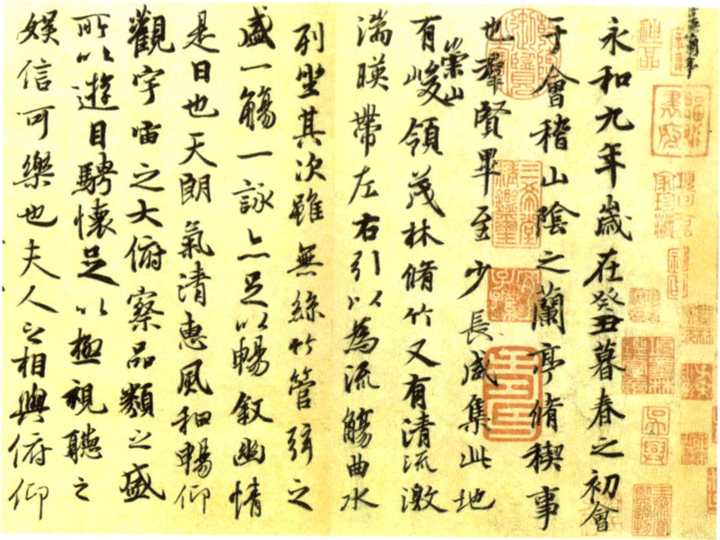

冯承素摹写《兰亭序》【局部】（唐）

终前将《兰亭集序》传给弟子辩才，辩才将其密藏在房梁上，从不示人。后被唐太宗派去的监察史萧翼骗走。唐太宗得到《兰亭集序》后如获至宝，命欧阳询、虞世南、褚遂良等书家临写。唐太宗死后，侍臣们遵照他的遗诏将《兰亭集序》真迹作为殉葬品埋藏在昭陵。但从唐人的摹本中，仍可见其“龙跳虎卧”的神采。

◎ 王勃《滕王阁序》

滕王阁位于赣江东岸，在今江西省南昌市西北，与湖南岳阳楼、湖北黄鹤楼并称江南三大名楼，是唐太宗李世民之弟滕王李元婴所建。贞观十三年（639）六月，李元婴受封为滕王，后迁洪洲（南昌）任都督，据说唯一的建树就是在公元 653 年于城西赣江之滨建起一座楼台，此楼便是“滕王阁”。滕王阁因王勃的《秋日登洪府滕王阁饯别序》（即《滕王阁序》）名扬四海，而序也因阁而流芳百世，南昌古城也因此平添不少文采风流之气。

王勃（620—679），字子安，绛州龙门（今山西河津）人，初唐四杰之一。王勃生于唐高宗永徽元年（650），他才华早露，未成年即被司刑太常伯刘祥道赞为神童，向朝廷表荐。《滕王阁序》是王勃于高宗上元二年（675）所作。

王勃像

这一年，26 岁的王勃从山西老家出发，千里迢迢去看望被贬官的父亲。他路过南昌时，正赶上都督阎伯屿新修滕王阁落成，于重阳日在滕王阁大宴宾客。一时间，江左名儒，士夫秀士，俱会堂上。王勃也应邀与会，因年少而被置末座。阎伯屿请在座的诸位名士作《滕王阁记》，刻石为碑，以流传后世。原来，阎都督有个女婿，姓吴名子章，号称有绝世之才。为了夸耀女婿的才学，阎公事先让他写好了一篇序文，准备在席间写出，当做即兴所作。阎公命人捧着笔墨纸砚到众人面前，与会的名士都不敢轻易出这个风头，笔墨到王勃面前时，王勃竟毫不推辞，慨然受之。

阎公见此状，不由心中恼怒，拂衣离席，进入内堂。同时，他命下人即时将王勃写就的文句传递过来。看到序文的开头两句“南昌故郡，洪都新府”时，阎公说：“此老生常谈。”又报：“星分翼轸，地接衡庐。”阎公说：“此故事也。”接着听到：“襟三江而带五湖，控蛮荆而引瓯越。”阎公沉吟不语。传吏接着报：“物华天宝，龙光射牛斗之墟；人杰地灵，徐孺下陈蕃之榻。”阎公道：“此子想要与我相见。”当听到“落霞与孤鹜齐飞，秋水共长天一色”两句时，阎公不禁拍案叫绝：“此子落笔若有神助，真天才也！”遂更衣复出，

江西南昌滕王阁

对王勃说：“观子之文，乃天下奇才！”并邀请王勃上座。

《滕王阁序》为我们描绘了一幅壮美而迷人的秋色图，有目之所见，也有耳之所闻；有静态叙写，也有动态描摹，虽着墨不多，但字字珠玑，句句生辉，章章华彩，一气呵成，使人读完后犹如身临江南水乡。其中一段写景文字可谓字字珠玑，脍炙人口：

时维九月，序属三秋。潦水尽而寒潭清，烟光凝而暮山紫。俨骖骓于上路，访风景于崇阿。临帝子之长洲，得天人之旧馆。层峦耸翠，上出重霄；飞阁流丹，下临无地。鹤汀凫渚，穷岛屿之萦回；桂殿兰宫，列冈峦之体势。披绣闼，俯雕甍。山原旷其盈视，川泽纡其骇瞩。闾阎扑地，钟鸣鼎食之家；舸舰弥津，青雀黄龙之舳。云销雨霁，彩彻区明。落霞与孤鹜齐飞，秋水共长天一色。渔舟唱晚，响穷彭蠡之滨；雁阵惊寒，声断衡阳之浦。

正值九月，秋高气爽。积水消尽，寒潭清澈，淡淡的云烟凝聚，重重的暮霭泛着紫光。在山路上驾着马车，在崇山峻岭里遍访美景。来到昔日帝子居住的长洲，找到仙人休养过的宫殿。层层的楼台耸立于青翠的山峰，仿佛要直冲云霄；凌空的飞檐闪溢着红色的光辉，仿佛要直插大地。白鹤野鸭尽情地畅游在萦回的小岛，洒满兰桂花香的宫殿在山峦上错落分布。打开饰有花纹的阁门，俯视雕梁画栋的屋脊，山峰平原尽收眼底，江河湖泊蜿蜒曲折令人惊奇。满眼楼宇巷陌，尽是钟鸣鼎食的富贵人家；舸舰泊满渡口，全为绘有青雀黄龙的大船。暴雨初歇，彩虹方消，空气清朗，阳光和煦。落霞与孤鹜齐飞，秋水共长天一色。返航的渔舟里传来优美的渔歌，回响在整个彭蠡湖畔；南归的雁群在寒风里发出的呼唤，回荡在衡阳的水边。

《滕王阁序》的大部分都是四字一语和六字一语的对偶句。句式工整匀称，而且错综多变，读来节奏明快。文中多次引用典故，且都用得恰当贴切，非但没有冗赘晦涩之感，还使文章显得富丽典雅，委婉曲折，情意真切。韩愈称赞说：“江南多临观之类，而滕王阁独为第一。”可惜天妒英才，王勃作序后第二年，就在探父途中渡海溺水而逝。

◎ 范仲淹《岳阳楼记》

岳阳楼位于湖南省岳阳市西门城头，紧靠洞庭湖畔，始建于三国时期，其前身是吴国都督鲁肃的阅兵台。北宋范仲淹脍炙人口的《岳阳楼记》更使岳阳楼著称于世。唐开元四年（716），中书令张说贬官岳州，常会文人登楼赋诗。嗣后，张九龄、孟浩然、贾至、李白、杜甫、韩愈、刘禹锡、白居易、李商隐等风邀云集，接踵而来，留下许多语工意新的名篇佳作。杜甫的《登岳阳楼》，更是千秋绝唱：

昔闻洞庭水，今上岳阳楼。
吴楚东南坼，乾坤日夜浮。
亲朋无一字，老病有孤舟。
戎马关山北，凭轩涕泗流。

范仲淹像

但岳阳楼真正名闻天下，是在北宋滕子京重修、范仲淹作记之后。范仲淹（989—1052），字希文，谥号文正，史称范文正公。范仲淹不仅是一位文学家，还是北宋的政治家和军事家。他幼年丧父，自幼家贫，因此对下层百姓的痛苦感受较深，在官场有敢言之名，曾多次上书批评当时的宰相，因而三次被贬。宋仁宗时，范仲淹官至参知政事，相当于副宰相。庆历三年（1043），范仲淹针对当时朝政的弊病提出“十事疏”，主张整顿官制，注意农桑，整顿武备，推行法制，减轻徭役。宋仁宗采纳了他的建议，并陆续推行，史称“庆历新政”。可惜不久新政就因朝中保守派的反对而遭到破坏，范仲淹也因此被贬至陕西，后来在赴颍州途中病逝。

庆历四年（1044），范仲淹的朋友滕子京因受诬告被贬到岳州任知州。第二年六月，滕子京在岳州重修岳阳楼，请范仲淹作记，附上《洞庭晚秋图》，并说：“山水非有楼观登览者不为显，楼观非有文字称记者不为久。”因此范仲淹于这年九月十五日创作了这篇千古名篇《岳阳楼记》。

庆历四年春，滕子京谪守巴陵郡。越明年，政通人和，百废具兴。乃重修岳阳楼，增其旧制，刻

岳阳楼（图片提供：微图）

唐贤今人诗赋于其上。属予作文以记之。

予观夫巴陵胜状，在洞庭一湖。衔远山，吞长江，浩浩汤汤，横无际涯；朝晖夕阴，气象万千。此则岳阳楼之大观也，前人之述备矣。然则北通巫峡，南极潇湘，迁客骚人，多会于此，览物之情，得无异乎？

若夫淫雨霏霏，连月不开，阴风怒号，浊浪排空；日星隐曜，山岳潜形；商旅不行，樯倾楫摧；薄暮冥冥，虎啸猿啼。登斯楼也，则有去国怀乡，忧谗畏讥，满目萧然，感极而悲者矣。

至若春和景明，波澜不惊，上下天光，一碧万顷；沙鸥翔集，锦鳞游泳；岸芷汀兰，郁郁青青。而或长烟一空，皓月千里，浮光跃金，静影沉璧，渔歌互答，此乐何极！登斯楼也，则有心旷神怡，宠辱偕忘，把酒临风，其喜洋洋者矣。

嗟夫！予尝求古仁人之心，或异二者之为。何哉？不以物喜，不以己悲；居庙堂之高则忧其民；处江湖之远则忧其君。是进亦忧，退亦忧。然则何时而乐耶？其必曰：“先天下之忧而忧，后天下之乐而乐”乎。噫！微斯人，吾谁与归？

时六年九月十五日。

文章开头切入正题，叙述了岳阳楼重修与本文诞生的本末，为全篇文字的导引。第二段开始情辞激昂，先说“巴陵胜状，在洞庭一

《岳阳楼图》（南宋）

湖”，又说“衔远山，吞长江”，水波壮阔，阴晴变化，景象壮观。

第三段写览物而悲者。淫雨、阴风、浊浪，使日星无光、山岳藏形，也使商旅不前；在暮色沉沉、“虎啸猿啼”之际，过往的“迁客骚人”有“去国怀乡”之慨、“忧谗畏讥”之惧、“感极而悲”之情。

第四段写览物而喜者。春风和畅、景色明丽、水天一碧，鸥鸟在翱翔，鱼儿在游荡，一幅湖光春色图，令人读之如在眼前。三四两段是两个排比段，一悲一喜，一暗一明，传达出两种截然相反的人生情境。

第五段是全篇的重心，在列举了悲喜两种情境后，笔调突然激扬，道出了超乎这两者之上的一种更高的理想境界，那就是“不以物喜，不以己悲”。无论是“居庙堂之高”还是“处江湖之远”，忧国忧民之心不改。作者进而发出了“先天下之忧而忧，后天下之乐而乐”的誓言，点明全篇主旨。

文章超越了单纯写山水楼观的狭境，将自然界风雨阴晴的变化和“迁客骚人”的“览物之情”结合起来，将重心放到了政治抱负和为人处世的态度方面，勉励滕子京不计较眼前的得失。“先天下之忧而忧，后天下之乐而乐”更成为千古传诵的名句。

◎ 欧阳修《醉翁亭记》

醉翁亭坐落在安徽滁州西南的琅琊山麓，与北京陶然亭、长沙爱晚亭、杭州湖心亭并称中国“四大名亭”。此亭形制小巧，紧靠峻峭的山壁，飞檐凌空挑出，具有江南亭台的特色。近千年来，醉翁亭屡次遭劫，又屡次复建，人们之所以始终不肯将它忘怀，最重要的原因就是北宋文豪欧阳修曾为它写过一篇千古不朽的游记《醉翁亭记》。

欧阳修（1007—1072），字永叔，号醉翁，晚年又号六一居士，谥号文忠，吉州永丰（今江西永丰）人。他是北宋时期重要的文学家、史学家和政治家，诗词文赋成就都很高，尤其在散文方面，堪称开创一代文风的文坛领袖，被列入“唐宋八大家”之一。

欧阳修像

宋仁宗庆历五年（1045），欧阳修由于支持韩琦、范仲淹、富弼等人推行的新政，得罪了朝中的保守势力，被安上莫须有的罪名，被贬官到滁州任太守。欧阳修在滁州实行宽简政治，发展生产，使当地社会安定平和，年丰物阜。而且这里又有一片令人陶醉的山水，这是使欧阳修感到无比快慰的。次年，欧阳修怀着这种快慰的心情游览滁州琅琊山，山中僧人智仙为他建亭。欧阳修自号“醉翁”，并以此名亭，写下了脍炙人口的《醉翁亭记》。

环滁皆山也。其西南诸峰，林壑尤美，望之蔚然而深秀者，琅琊也。山行六七里，渐闻水声潺潺而泻出于两峰之间者，酿泉也。峰回路转，有亭翼然临于泉上者，醉翁亭也。作亭者谁？山之僧智仙也。名之者谁？太守自谓也。太守与客来饮于此，饮少辄醉，而年又最高，故自号曰醉翁也。醉翁之意不在酒，在乎山水之间也。山水之乐，得之心而寓之酒也。

若夫日出而林霏开，云归而岩穴暝，晦明变化者，山间之朝暮也。野芳发而幽香，佳木秀而繁阴，风霜高洁，水落而石出者，山间之四时也。朝而往，暮而归，四时之景不同，而乐亦无穷也。

至于负者歌于途，行者休于树，前者呼，后者应，伛偻提携，往来而不绝者，滁人游也。临溪而渔，溪深而鱼肥。酿泉为酒，泉香而酒洌；山肴野蔌，杂然而前陈者，太守宴也。宴酣之乐，非丝非竹，射者中，弈者胜，觥筹交错，起坐而喧哗者，众宾欢也。苍颜白发，颓然乎其间者，太守醉也。

已而夕阳在山，人影散乱，太守归而宾客从也。树林阴翳，鸣声上下，游人去而禽鸟乐也。然而禽鸟知山林之乐，而不知人之乐；人知从太守游而乐，而不知太守之乐其乐也。醉能同其乐，醒能述以文者，太守也。太守谓谁？庐陵欧阳修也。

文章描写了滁州一带朝暮、四季不同自然景物的幽深秀美，滁州百姓和平宁静的生活，特别是作者在山林中与民一齐游赏宴饮的乐趣。全文贯穿一个“乐”字，其中包含着比较复杂曲折的内容。一则

滁州醉翁亭（图片提供：微图）

《醉翁亭》【局部】仇英（明）

暗示出一个封建地方长官“与民同乐”的情怀，一则在寄情山水背后隐藏着难言的苦衷。正当四十岁的盛年却自号“醉翁”，而且经常出游，加上他那“饮少辄醉”“颓然乎其间”的种种表现，都表明欧阳修是借山水之乐来排遣谪居生活的苦闷。

《朱子语类》记载的欧阳修改定本文开头的一则轶事，差不多可以和《醉翁亭记》本身的文章齐名。那故事是说，欧阳修《醉翁亭记》的原稿上，“初说‘滁州四面有山’，凡数十字，末后改定，只曰‘环滁皆山也’五字而已”。欧阳修论文，主张“言简而意深”，他特别推崇老友梅尧臣论诗的一句话，即“状难写之景，如在目前；含不尽之意，见于言外”（见《六一诗话》）。而这篇游记，可以说完美地体现了他的创作观点。从此，亭因文而生辉，人藉借亭而扬名，这是值得称道的美事。

《醉翁亭记》写成后，在当时就引起了强烈反响。据《滁州志》载：“欧阳公记成，远近争传，疲于摹打。山僧云：‘寺库有毡，打碑用尽，至取僧室卧毡给用。’凡商贾来，亦多求其本，所遇关征，以赠监官，可以免税。”可见当时人们对此文仰慕和争购的盛况。

名文造就的名胜

对那些流传已广的名山胜景，人们自然是喜欢慕名前往，如泰山、黄山、恒山、曲江、玉华宫、岳阳楼等。但华夏如此广大，总有一些优美的山川景色很少甚至从来没被人注意过。那些被贬至偏僻州县的士大夫，被派到外地赴任的官员们，或怀有高尚志趣而在某座山上隐居的文人，因为有更多的机会探索徜徉在荒郊野岭中，或者有更多的闲情逸致去寻访清幽之地，于是就开辟了很多常人不得见的美丽风景。而他们自己往往也很得意，欣然为之赋名撰文。

◎ 元结《右溪记》

元结（719—772）字次山，号漫叟、聱叟，唐代洛阳人。天宝六年（747）参加科考落第后，曾归隐商余山，六年后进士及第。安史之乱中，元结组织军民抗击史思明叛军，立有战功，升任水部员外郎。

唐武宗广德元年（763）十二月，广西境内的少数民族“西原蛮”曾起兵攻入道州（今湖南道县），占道州达一月余，使得“人十无一，户才满千”，“城池井邑，但生荒草，登高极望，不见人烟”（元结《谢上表》）。第二年五月，元结任道州刺史，七月“西原蛮”又攻破了邻近的永州（今湖南零陵）和邵州（今湖南邵阳），却没有再攻道州。元结认为，这并不是官府“力能制敌”，而是“西原蛮”对战乱中的道州百姓有所“伤怜”。相反，朝廷派到地方上的租庸使却不能体恤百姓，仍旧横征暴敛，与“夷贼”比较起来，有过之而无不及。有感于此，元结曾写下五言古风《春陵行》和《贼退示官吏并序》。《春陵行》中有这样的诗句：“州小经乱亡，遗人实困疲。大乡无十家，大族命单羸。朝餐是草根，暮食仍木皮。”他的这两首诗真实地写出了当地百姓的疾苦，也表达了他发自内心的悲悯，曾得到大诗人杜甫的激赏：“道州忧黎庶，词气浩纵横。”（《同元使君春陵行》）元结上任后，广施仁政，曾两次上书请求蠲免百姓租税，得到皇帝许可。他又“为民营舍给田，免徭役”，召还流民一万多人，受到百姓的爱戴。

在道州城西百余步之地有一条小溪，泉清石奇，草木葱郁，环境十分优美。元结发现了这处鲜为人知的景致，对其作了一番修葺，并刻石铭文，取名“右溪”，写下了著名的游记《右溪记》。

道州城西百余步，有小溪。南流数十步，合营溪。水抵两岸，悉皆怪石，攲嵌盘屈，不可名状。清流触石，洄悬激注。休木异竹，垂阴相荫。此溪若在山野，则宜逸民退士之所游处；在人间，可为都邑之胜境，静者之林亭。而置州以来，无人赏爱；徘徊溪上，为之怅然！乃疏凿芜秽，俾为亭宇；植松与桂，兼之香草，以裨形胜。为溪在州右，遂命之曰“右溪”。刻铭石上，彰示来者。

这篇小品文全文170字，文笔非常简练，开头即以寥寥数笔，勾勒出怪石嶙峋、泉佳林幽的右溪景色。写溪，突出其小；写石，突出其怪；写水，突出其湍急、清激；写木竹，突出其“垂阴”。文字清丽，而赞誉之情包含其中，令读者不胜向往。作者还设想这条溪流若在山野，便可给隐逸之士带来愉悦；若在闹市，就能成为游览胜地，“而置州以来，无人赏爱”，无法不令人“为之怅然”。元结以右溪的美景暗喻自己的才干，而美景不被人赏爱，正寄寓了自己怀才却难受重用的心情，身世之感由此生发出来。

元结为官清廉，勤政爱民，这与他在文学上反对“拘限声病，喜尚形似”（《箧中集序》）的浮艳之风，主张发挥文学“救时劝俗”的社会作用是相通的。他笔下的右溪泉石，与柳宗元《永州八记》中的钴鉧潭西小丘、小石城山、小石潭等，实际上寄托了同一种情怀。可以说，元结开拓了山水游记的表现领域，注重融情于景，而柳宗元则吸收借鉴了元结的艺术特色并将其发扬光大，使山水游记创作走向成熟。正如《唐宋文举要》中评价的：“次山（元结）放恣山水，实开子厚先声，文字幽眇芳洁，亦能自成境趣。”

◎ 白居易《三游洞序》

因名人名文得以扬名的风景名胜，还有白居易笔下的三游洞。唐元和十年（815），白居易被贬为江州（江西九江）司马。四年后，升忠州（四川忠县）刺史，其弟白行简同行赴任，在西陵峡中他夜遇多年未见的好友元稹。也是在元和十年，元稹被贬至通州（今四川达县），白居易三次上书为其辩解，这可谓二人长达三十年的“金石胶漆”友谊的明证。如今，元稹也由通州司马改授虢州（今河南灵宝）长史，都在各自赴任途中，遂成巧遇。

平淮西之明年冬，予自江州司马授忠州刺史，微之自通州司马授虢州长史。又明年春，各祗命之郡，与知退偕行。三月十日，参会于夷陵。翌日，微之反棹送予至下牢戍。

又翌日，将别未忍，引舟上下者久之。酒酣，闻石间泉声，因舍棹进策步入缺岸。初见石，如叠，如削；其怪者，如引臂，如垂幢。次见泉，如泻如洒；其奇者，如悬练，如不绝线。遂相与维舟岩下，率仆夫芟芜刈翳，梯危縋滑，休而复上者凡四五焉。仰睇俯察，绝无人迹，但水石相薄，磷磷凿凿，跳珠溅玉，惊动耳目。自未讫戌，爱不能去。俄而峡山昏黑，云破月出，光气含吐，互相明灭。晶莹玲珑，象生其中。虽有敏口，不能名状。

既而，通夕不寐，迨旦将去，怜奇惜别，且叹且言。知退曰："斯境胜绝，天地间其有几乎？如之何俯通津，绵岁代，寂寥委置，罕有到者？"予曰："借此喻彼，可为长太息者，岂独是哉？岂独是哉？"微之曰："诚哉是言。矧吾人难相逢，斯境不易得；今两偶于是，得无述乎？请各赋古调诗二十韵，书于石壁。"乃命予序而纪之。又以吾三人始游，故目为三游洞。洞在峡州上二十里北峰下两崖相廞间。欲将来好事者知，故备书其事。

文章的开头交代了白居易与弟弟白行简（知退）、好友元稹（微之）相遇同游的缘由。第二日，三人到了该道别之时，依依不舍，彼此牵引着船在江中来回航行了很久。饮酒正酣时，听到石间有泉声，于是下船上岸，发现怪石、奇泉，三人顺着石头爬行，发现了一处奇特的天然洞府，"但水石相薄，磷磷凿凿，跳珠溅玉，惊动耳目"。三人徘徊其间，"爱不能去"，继而为之通宵不寐，又耽搁一日行程。白居易此时 48 岁，白行简 44 岁，元稹最年轻，也已过不惑，三人却为友情和奇洞一再缠绵，实可为一段文学佳话。

白行简感慨：“斯境胜绝，天地间其有几乎？”可是为什么此洞下面就和渡口相通，却多年来寂寂无闻，极少有人到这里来呢？白居易认为可以借此喻彼，因为天地间不被赏识的人与事实在太多。于是元稹提议三人各赋古调诗二十韵，“书于石壁”。因而三人各自赋诗，白居易作《夷陵赠别元微之》，写出了生离死别之痛，最后由白居易做序而纪之。《序》尾说道：“以吾三人始游，故目为三游洞”，“三游洞”之名即由此而来。宋人遂将此序刻于石碑。

北宋嘉祐元年（1056），苏洵、苏轼、苏辙父子三人进京赴试，途经彝陵，也慕名到此洞一游，并赋诗遣兴以记其事，史称“后三游”。此外，欧阳修、黄庭坚、陆游及王士祯等有名的文人墨客也接踵而至，留下了诸多珍贵的诗文歌赋，三游洞声名益振。

◎ 王安石《游褒禅山记》

王安石（1021—1086），字介甫，号半山，人称“半山居士”。抚州临川（今江西省抚州）人。因被封荆国公，世人又称“王荆公”。他不仅是北宋时期的名臣、政治改革家，而且是卓有成就的文学家，散文成就位于唐宋八大家之一。

王安石诗、文兼擅，而且在文学上也是个革新派，积极支持欧阳修倡导的北宋诗文革新运动，反对北宋初年浮靡的文风，主张文章“务为有补于世”。他的诗文多为揭露时弊之作，体现了他的政治主张和抱负。尤其是他的散文，雄健峭拔，在唐宋八大家中独树一帜。欧阳修曾写诗称赞王安石：“翰林风月三千首，吏部文章二百年。老去自怜心尚在，后来谁与子争先。”

宋仁宗至和元年（1054）四月，王安石从舒州（今安徽潜山县）通判任上辞职，在回家探亲途中游览了褒禅山，同年七月以追记形

褒禅山华阳洞（图片提供：微图）

式写下此文。褒禅山，古称“华山”“花山”，位于安徽省马鞍山市含山县城东北 7.5 千米。唐贞观年间，高僧慧褒禅师结庐山下，死后葬于此地，其弟子遂改“花山”为“褒禅山”。王安石在《游褒禅山记》中首先交代了“褒禅山”之名的由来，然后以平实的文字记录了自己与同伴游褒禅山的经过。

其下平旷，有泉侧出，而记游者甚众，所谓前洞也。由山以上五六里，有穴窈然，入之甚寒，问其深，则虽好游者不能穷也，谓之后洞。余与四人拥火以入，入之愈深，其进愈难，而其见愈奇。有怠而欲出者，曰：“不出，火且尽。”遂与之俱出。盖余所至，比好游者尚不能十一，然视其左右，来而记之者已少。盖其又深，则其至又加少矣。方是时，予之力尚足以入，火尚足以明也。既其出，则或咎其欲出者，而余亦悔其随之，而不得极夫游之乐也。

这段文字记录了作者游褒禅山前洞与后洞的情形。前洞，“其下平旷，有泉侧出”，虽有美景而不险绝，“而记游者甚众”，不足以游，所以一笔带过。而后洞与前洞相比，没有那样平坦易至，在山上幽深之处，“入之甚寒”这引起了作者与同游者的兴趣，他们拿着火把走了进去，越往里走行进越难，而所看到的景物也就越美妙。有人说：“不出去，火把就要烧光了。”大家就随着他一起走了出来。作者遂感慨自己所到的地方比起喜欢游览的人，还不到十分之一，明明可以继续前进，只是听了倦怠者的话，导致无法极尽游览之乐。

于是余有叹焉。古人之观于天地、山川、草木、虫鱼、鸟兽，往往有得，以其求思之深而无不在也。夫夷以近，则游者众；险以远，则至者少。而世之奇伟、瑰怪，非常之观，常在于险远，而人之所罕至焉，故非有志者不能至也。有志矣，不随以止也，然力不足者，亦不能至也。有志与力，而又不随以怠，至于幽暗昏惑而无物以相之，亦不能至也。然力足以至焉，于人为可讥，而在己为有悔；尽吾志也而不能至者，可以无悔矣，其孰能讥之乎？此余之所得也！

这段写未能深入华山后洞所产生的感想和体会。“夫夷以近，则游者众；险以远，则至者少”，这正是缺乏探索精神的表现。只有具备志、力与相助之物这三个条件，才能到达理想的境地。而气力可以达到而又未能达到，这对别人来说是非常可笑的，对自己来说是很令人悔恨的。这就是作者游览华山后洞之后的心得和体会。

《行旅图》赵雍（宋）

不难看出，王安石写作《游褒禅山记》的目的不在记游，而在以文言志，表达自己远大的政治抱负和勇于革新的政治主张。此文问世后 15 年，即熙宁元年（1068），王安石得到刚刚登上皇位的宋神宗的赏识，出任参知政事，次年又升任宰相，大力推行改革，开始了历史上有名的变法运动。

永州泉石知我心

“学而优则仕”是古代文人实现人生理想及价值的主要途径，所以十年寒窗，为的就是一朝得中，经世济民、光宗耀祖。可是即使科举得中，进入仕途，也并不是一劳永逸的，官场险恶，宦海沉浮，稍不留神就有获罪丢官的危险。于是，中国历史上有一个特殊的文人群体，即在参与朝政中遭遇挫折而受到贬谪的官员。遭贬的文人从繁华的京城来到穷荒僻远的贬所，除了自然环境的恶劣和生活条件的贫乏而导致生活的格外艰难外，更难承受的是人格的屈辱和心灵的孤独，于是他们往往将仕途的不幸和内心的苦闷用诗文记录下来，把文学创作看成是他们生命的另一种存在形式，以此为动力而进行他们精神世界的定位与重建。

《古圣贤像传略》中的柳宗元像

柳宗元（773—819）字子厚，祖籍河东（今山西永济），后迁至长安（今陕西西安），世称“柳河东”。因官终柳州刺史，又称“柳柳州”。早年间，年轻的柳宗元为使朝政清明，满腔热血参与了唐顺宗时期王叔文的“永贞革

永州柳子庙（图片提供：微图）

新”，然而后来改革失败，守旧派们占了上风，支持革新的柳宗元、刘禹锡等八人皆遭贬黜。柳宗元先是被贬为邵州（今湖南邵阳市）刺史，然而他的政敌们还不解恨，才走到半路，又被加贬为永州（今湖南永州）司马。

永州即今天的湖南永州市，地处湖南与两广交界之地，当时异常荒凉偏僻，人烟稀少，生活条件更是艰苦无比。柳宗元带着老母亲寄住在一个小寺院里艰难度日，不久母亲就病逝了，而柳宗元自己也在精神忧愤抑郁之下日渐羸弱，多病缠身。在一片愁云惨雾中，永州的清新山水成了他最大的慰藉。对现代人来说，一处风景绝佳的地方被发现之后，往往用不了多久便会被人工足迹破坏，因此那些原生态的美景变得越来越难得。想来在唐代的长安，当时世界上最繁华富庶的第一大都市，风景也免不了有很重的人工痕迹。而柳宗元面对的永州山水，大自然鬼斧神工的风景在那里完好如初，这令他心醉神迷，流连忘返。他在永州一贬就是九年，这九年于他个人的政治仕途是一大损失，然而于文学史却是大幸，因为这是柳宗元文学创作和人文哲思最为丰沛的九年。柳宗元脍炙人口的山水游记，均写于被贬后，以《永州八记》为代表。这些作品，既有借美好景物寄寓自己的遭遇和怨愤，也有作者幽静心境的描写，表现在极度苦闷中转而追求精神的寄托。

《永州八记》由八篇散文组成，篇幅都不大，可谓短小精练，写的都是些小山、小溪之类的山水小景，题材虽毫不起眼，行文却气势如虹，精深幽婉，有极高的艺术造诣，被誉为中国古代游记文学达到成熟阶段的标志，其文学魅力不言而喻。《旧唐书 · 柳宗元传》说柳宗元为文“精裁密致，璨若珠贝”，这一点在《永州八记》里表现得最为突出。

自柳宗元时起，山水泉石、行云流水、花鸟林木、鸟兽虫鱼无不可以入文，并且移景入情，通过刻画景物抒发抱负、陶冶性情、倾泻忧愤，文有尽而意无穷，开拓了中唐游记文学的新局面。当时善写游记的还有元结、独孤及、陆羽、李翱、李绅、刘禹锡等文人，他们不约而同地选择了寄情山水，以至于有“泉石膏肓、烟霞痼疾”之谓，意思是爱好山水皆成癖。原因无他，只是因为泉石烟霞太知文人的心事罢了。

◎ 柳宗元《始得西山宴游记》

这八篇游记虽然写不同的景物，看似没有关联，但其实是出于一气呵成的整体构思。第一篇《始得西山宴游记》，写柳宗元游览与他所住寺院隔河相望的西山。

自余为僇人，居是州，恒惴栗。其隙也，则施施而行，漫漫而游，日与其徒上高山，入深林，穷回溪，幽泉怪石，无远不到。到则披草而坐，倾壶而醉；醉则更相枕以卧，卧而梦，意有所极，梦亦同趣；觉而起，起而归；以为凡是州之山水有异态者，皆我有也，而未始知西山之怪特。

今年九月二十八日，因坐法华西亭，望西山，始指异之。遂命仆人过湘江，缘染溪，斫榛莽，焚茅茷，穷山之高而止。攀援而登，箕踞而遨，则凡数州之土壤，皆在衽席之下。其高下之势，岈然洼然，若垤若穴，尺寸千里，攒蹙累积，莫得遁隐；萦青缭白，外与天际，四望如一。然后知是山之特立，不与培塿为类。悠悠乎与颢气俱，而莫得其涯；洋洋乎与造物者游，而不知其所穷。引觞满酌，颓然就醉，不知日之入。苍然暮色，自远而至，至无所见，而犹不欲归。心凝形释，与万化冥合。然后知吾向之未始游，游于是乎始。故为之文以志。是岁，元和四年也。

文章第一段写作者始游西山时的心情。作者自称为“僇人”，即有罪之人，暗示他被贬之后心情常常处于惊恐、屈辱和压抑之中。因此他游山玩水是为了排解内心的苦闷忧愤，借山水风景来暂时忘却现实的处境，在精神上寻找某种寄托。“以为凡是州之山水有异态者，皆我有也，而未始知西山之怪特”，这几句大意是“我”自以为永州的山水凡有点特别的，都已经游遍了，却从不知道西山的奇特和怪异，写出了发现西山景色时的欣喜。

第二段写游西山的情景。九月的一天，他坐在法华寺西亭上远望西山，被景色之“异”所吸引，于是命仆人带路，渡过湘江，披荆斩棘，一直登到西山最高处。居高临下，放眼远望，“数州之土壤，皆在衽席之下”。千里以内的景物，仿佛容纳于尺寸之幅内，而四周青烟白云缭绕，仿佛同天空连为一体。这绘声绘色的描写使读者也好像身临其境。面对奇异的景观，作者顿觉胸怀开阔，仿佛与天地交游而没有尽期，达到了物我合一的忘我境界。然后才明白以前其实并未真正游赏过，而真正的游赏应从“始得西山”开始。从发现西山开始，作者也从政治的失败、被贬的消沉中逐渐解脱出来，这是他始游西山的最大收获。

◎ 柳宗元《钴鉧潭记》

钴鉧潭在西山西。其始盖冉水自南奔注，抵山石，屈折东流；其颠委势峻，荡击益暴，啮其涯，故旁广而中深，毕至石乃止。流沫成轮，然后徐行，其清而平者且十亩余，有树环焉，有泉悬焉。

其上有居者，以予之亟游也，一旦款门来告曰：“不胜官租、私券之委积，既芟山而更居，愿以潭上田贸财以缓祸。”

予乐而如其言。则崇其台，延其槛，行其泉，于高者而坠之潭，有声潨然。尤与中秋观月为宜，于以见天之高，气之迥。孰使予乐居夷而忘故土者？非兹潭也欤？

游过西山后，柳宗元便以西山为始，将周围美丽景致一一游遍。首先是河床形态独特的钴鉧潭。所谓“钴鉧”是古代对熨斗的称呼，这个小潭的河床底是凹陷颇深的天然石头，而潭面形如大熨斗，故名之。

因为水流湍急，潭底的石头形状独特，水流冲击成车轮状的漩涡之后平静流去。这里的景致很得柳宗元喜欢，他常常去这里游玩，以至于这潭的主人主动提出要把潭上的田地卖给他。柳宗元很高兴，

今天的永州钴鉧潭（图片提供：FOTOE）

在潭边动工整修，将高处泉水引流到潭里，从而发出悦耳的水声，柳宗元认为这里用来中秋赏月当是最好不过了。他初游钴鉧潭时，中秋已过，他却说此潭“尤与中秋观月为宜”，看来是在期待他年中秋于此赏月，如此证明他对永州颇有乐此不疲、乐而忘返之心了。为此，柳宗元不禁发出这样的感慨：“孰使予乐居夷而忘故土者？非兹潭也欤？”其实他借助美景想忘掉的不仅是故土与京城，还有那些仕途烦恼和人生忧愤。

而后柳宗元又往钴鉧潭西边游玩，那里有个小丘，怪石嶙峋，景致独特，只有一亩大小。柳宗元遂起了占风景为己有之意，而小丘主人竟也答应廉价卖给他，这让他和两位朋友大喜过望，马上取来工具动手除去杂草恶木，让嘉木、美竹、奇石显露得恰到好处，正如一幅国画的构图，疏密有致，再加上流水淙淙，遂换来眼清净、耳清新而心安谧。虽然被贬黜蛮荒之地，却拥有难得的闲逸和自己的田园，这些泉石小景可谓柳宗元的知心者。

◎ 柳宗元《至小丘西小石潭记》

之后就是离钴鉧潭小丘只有百二十步的小石潭了。这也是《永州八记》里最为人熟知的一篇——《至小丘西小石潭记》。

从小丘西行百二十步，隔篁竹，闻水声，如鸣佩环，心乐之。伐竹取道，下见小潭，水尤清冽。全石以为底，近岸，卷石底以出，为坻，为屿，为嵁，为岩。青树翠蔓，蒙络摇缀，参差披拂。

潭中鱼可百许头，皆若空游无所依。日光下澈，影布石上，佁然不动，俶尔远逝，往来翕忽。似与游者相乐。

潭西南而望，斗折蛇行，明灭可见。其岸势犬牙差互，不可知其源。

坐潭上，四面竹树环合，寂寥无人，凄神寒骨，悄怆幽邃。以其境过清，不可久居，乃记之而去。

同游者：吴武陵，龚古，余弟宗玄。隶而从者，崔氏二小生：曰恕己，曰奉壹。

这篇小文可谓字字珠玑，读来如听环佩叮咚，那里的篁竹、奇石，还有清澈到百十条鱼儿“皆若空游无所依”的溪水，都令人无限神往。“坐潭上，四面竹树环合，寂寥无人，凄神寒骨，悄怆幽邃”，这幽静至极的景致引发了作者内心的伤感凄然，以至于他“以其境过清，不可久居，乃记之而去”。风景不但知他心底的旷达、喜乐，更深知他心底的悲凄。

《溪山清远图》【局部】夏圭（宋）

此后柳宗元在《袁家渴记》中写了奇花异草和大风吹来的磅礴景致，在《石渠记》中记述了悠长渠岸的风景，在《石涧记》中则描述了一处水声若琴的溪涧，最后以描述一个奇特若城门的小山土石的《小石城山记》结束。这些小篇里皆有珠玑奇句，多发作者内心不同时节之感慨，而与山水景致高度吻合。作者在这八篇的结语认为，他能够发现永州的山水之美，相信是神灵的有意安排。仕途坎坷的柳宗元终于借由山水之乐忘却了人生烦恼，而求得超然大气又幽婉深邃的人生境界。

书信中的六朝风光

江南，字面意义为江之南面，多指长江中下游以南地区。不过，在不同历史时期，江南的所指是变化多样的，且常常含糊不清，通常与“中原”“边疆”等区域概念并立。

魏晋南北朝以来，经济、文化中心逐渐向江南转移，南方多平原、多水的地形地貌和温润的气候，让文人们深切地感知到江南与北方的显著不同。尤其是唐宋之后，文人墨客在诗文中对江南风景和人情展开了更为盛情的歌咏，这让“江南”从地理名词转变为一个包含着美丽、恬静、俊秀、温暖、温柔、富庶等诸多意蕴的文学意象，因而让世人对之充满向往和憧憬。白居易的《忆江南》是最好的表达：“江南好，风景旧曾谙。日出江花红胜火，春来江水绿如蓝。能不忆江南？”苏杭美景诚如天堂在人间，江南与荒蛮岂可再等同。

魏晋南北朝时期毕竟不像唐宋，后者是游记文学的成熟期，有柳宗元、刘禹锡、元结、白居易、陆游等一大批擅写游记的作家；前者却只能说是游记文学的童年期，人们虽已懂得品评山水，并有谢灵运这样著名的山水诗人问世，有王羲之信手所书的千古名文《兰亭集序》，但是对山水的描绘，还是更多地以言谈、诗序、书信，

江南水乡

以及记载地理、风土的专著等形式呈现。如《世说新语·言语》：“王子敬（献之）云：从山阴道上行，山川自相映发，使人应接不暇。”短短一句尽表美景不胜收之意。《晋书·顾恺之传》写道：“恺之至荆州，人问以会稽山川之状，恺之云：千岩竞秀，万壑争流。”会稽、山阴皆指今浙江绍兴，顾恺之“千岩竞秀，万壑争流”这八个字真乃字字如金，浙之风景可凭此八字而名传天下。尤其在一些往来书信之中，常常有写景精妙、融情于景的精彩段落，可以被视为后世游记文学的先驱。

◎ 鲍照《登大雷岸与妹书》

鲍照（约 415—470），字明远，南朝宋文学家。被认为是南北朝时期文人中成就最高的，与颜延之、谢灵运合称“元嘉三大家”。

孝武帝即位后，鲍照为大学博士兼中书舍人，出任秣陵（今南京市）令，转永嘉（今温州市）令，后任朐海王刘子顼的前军参军、迁军刑狱参军，人称鲍参军。据史载，鲍照曾谒见临川王刘义庆，毛遂自荐，但没有得到重视。他不死心，又准备献诗言志。有人劝阻他说：“郎位尚卑，不可轻忤大王。”鲍照大怒：“千载上有英才异士沉没而不可闻者，岂可数哉！大丈夫岂可遂蕴智能，使兰艾不辨，终日碌碌与燕雀相随乎？”之后，他终得赏识，获封临川国侍郎。鲍照的创作以诗为主，著名的有《拟行路难》18 首，表现了作者怀才不遇的痛苦、报国无门的愤懑和理想幻灭的悲哀，反映了当时贫寒士人的生活状况。还有少部分诗作描写了边塞战争和征戍生活，为唐代边塞诗的先声。

鲍照像（图片提供：微图）

宋文帝永嘉十六年（439），临川王刘义庆出镇江州，引 26 岁的鲍照为佐吏。当年秋，鲍照从建康（今南京）西行赶赴江州，至大雷岸（今安徽望江附近），写信给妹妹鲍令晖。鲍照一家人丁单薄，只有妹妹鲍令晖与他自幼朝夕相伴，所以兄妹之间感情异常深厚。鲍令晖也是一位诗才出众的才女，钟嵘曾说她的诗“往往崭绝清巧，拟古尤胜”。他们二人经常诗文往还，表达各自的思念和相互的关切。鲍照在这封书信中描绘了九江、庐山一带的山容水貌和云霞夕晖、青霜紫霄的奇幻景色；表达了严霜悲风中去亲为客、苦于行役的凄怆心情，结尾转为对妹妹的叮嘱与关切，抒情意味浓厚。

南则积山万状，负气争高，含霞饮景，参差代雄，凌跨长陇，前后相属，带天有匝，横地无穷。东则砥原远隰，亡端靡际。寒蓬夕卷，古树云平。旋风四起，思鸟群归。静听无闻，极视不见。北则陂池潜演，湖脉通连。苎蒿攸积，菰芦所繁。栖波之鸟，水化之虫，智吞愚，强捕小，号噪惊聒，纷牣其中，西则回江永指，长波天合。滔滔何穷，漫漫安竭！

这段文字的大意是，南面重叠的山峦呈现出各种形状，竞相比高，映含着鲜艳的朝霞，闪射着灿烂的阳光。峰峦高低错落，争高称雄，超越了田中高高隆起的长陇，前后相连，可以环绕天边一周，横亘着大地无穷无尽。东面则是磨刀石一样平坦的原野，越远越低，无边无际。寒风中的蓬草在黄昏时卷起，高大的古树树梢似乎接近了天空中的云彩。旋风四面而起，思念故巢的鸟儿成群而归。静听风声却又寂然无闻，极目凝视却又不见鸟儿踪影。北面则是陂塘水泽和潜流，与湖水水脉相通。苎麻、蒿草积聚，菰米、芦苇丛生。栖息在水上的鸟和水中的鱼，智者吞吃愚者，大的捕捉小的，呼号噪叫、惊扰嘈杂，在水泽中纷纷攘攘。西面则是曲折流淌的江水，浩渺的水波与天相连。“滔滔何穷，漫漫安竭”，长流滔滔哪得穷尽、浩浩荡荡怎会枯竭！这段话既描写出群山争高的气势，也表达了作者胸中一股才高位卑的不平之气。

西南望庐山，又特惊异。基压江潮，峰与辰汉相接。上常积云霞，雕锦缛。若华夕曜，岩泽气通，传明散彩，赫似绛天。左右青霭，表里紫霄。从岭而上，气尽金光；半山以下，纯为黛色。信可以神居帝郊，镇控湘、汉者也。

这段写的是，转向西南望见庐山，景色更令人惊异。山脚压着大江的潮水，峰顶与星辰天汉相接。上面常常堆积着云霞，犹如雕锦缛采。夕晖映射出若木之花般的霞光，山岩与水泽上的雾岚连成一片，闪烁着光辉散下绚烂的彩霞，赫赫的光焰把天空照得一片通红。两旁升腾的青霭，环绕着紫霄峰周围。由山岭而上，雾岚散尽的山顶闪射出一片金光。半山腰以下，纯粹是青苍的黛色。庐山确实可以凭借天神的威力，镇守控制着湘江、汉水流域。

在文中，鲍照并不拘泥于山川景物的准确方位，而是融入瑰丽奇特的想象，赋予山水景物以灵魂，所以显得异常生动，感情奔放，笔墨淋漓，兼有骈文与散文之长，一封普通的家书，被他写成了南朝山水游记中的一篇奇文。

◎ 吴均《与朱元思书》

吴均（469—520）的《与朱元思书》（一作《与宋元思书》）也是南朝最著名的写景游记之一。吴均，字叔庠，吴兴故鄣（今浙江安吉）人，是南朝梁时期的文学家。他的散文工于写景，时人或仿效之，称为“吴均体”。《梁书》说他“文体清拔有古气”。吴均在这封致友人朱元思的书信中生动地描绘了自富阳至桐庐一百余里的风光。这本是一封书信，吴均无意为文，只是在信中偶记富春江的美景。只因文思俱佳，后来独立成篇，书信原来的面目反倒泯然不可查了。

文章一开头，写作者在一个秋高气爽的晴日游览富春江，两岸景

《富春山居图》【局部】黄公望（元）

色尽收眼底。“风烟俱静”，写得既是景色，也是作者内心尘念不起的心境：

风烟俱净，天山共色。从流飘荡，任意东西。自富阳至桐庐，一百许里，奇山异水，天下独绝。

水皆缥碧，千丈见底；游鱼细石，直视无碍。急湍甚箭，猛浪若奔。夹岸高山，皆生寒树，负势竞上，互相轩邈，争高直指，千百成峰。

水深而清澈，既柔和明净，又偶有奔腾湍急之态，此为异水；山色青葱，又有“争高直指”之动态，是为奇山。这些均从视觉落笔。继而作者又转至听觉：

泉水激石，泠泠作响；好鸟相鸣，嘤嘤成韵。蝉则千转不穷，猿则百叫无绝。

泉水飞溅在山石之上，发出清悦泠泠的响声；美丽的鸟相互和鸣，鸣声嘤嘤，和谐动听。蝉儿长久地竞相鸣叫，猿猴长时间地叫个不停。这段文字令人读来恍如听到天籁协奏，心旷神怡。

鸢飞戾天者，望峰息心；经纶世务者，窥谷忘反。横柯上蔽，在昼犹昏；疏条交映，有时见日。

那种像鹰一样向往高飞的人，见了这样的山峰，都会熄灭其冲天之志；而那些为世务奔走忙碌的人，看到这幽美的山谷也会流连忘返。真正懂得审美的人自会在优美的山水前产生隐居之想。作者在这山色与天相连的秋高气爽之节，在江上“从流飘荡，任意东西”，渴望与山水长久缠绵。

吴均“家世寒贱”“好学有俊才”，诗文之外他还有书史之宏图。梁武帝时，他私撰《齐春秋》，武帝以“其书不实”为由，派人责问，下令焚毁，并免其职。由此吴均心灰意冷，加上受佛、道影响，便萌生了隐居志趣。因此，本文并不是纯粹的写景，而是通过寄情山水表达其清高之志。不过后来武帝又召见吴均，命他撰写上起三皇、下迄南朝齐代的通史。吴均撰完了其中的“本纪”和“世家”，惜“列传”未成即因病早逝。相较于未能续修汉史的蔡邕，他多少算是完成了一些心愿。不过，他在励精图治赶写史书的时候，那种“望峰息心”“窥谷忘反”的心思怕是连他自己也遗忘了吧！

◎ 陶弘景《答谢中书书》

陶弘景（456—536），字通明，自号华阳隐居，丹阳秣陵（今江苏南京）人，生活于齐梁间，是著名的道教思想家、医药家、炼丹家、文学家。他出身名门，自幼聪明异常，10 岁读葛洪的《神仙传》后已立志养生，36 岁时上表辞官，挂朝服于神武门，退隐江苏句容句曲山（茅山），不与世交。梁武帝萧衍即位后，屡加礼聘陶弘景，陶弘景遂画双牛图回赠，一牛散放水草之间，一牛戴着金络头，却有人执绳以杖驱之。武帝遂明其志，不再提聘官之事，不过国家遇有大事仍以书信咨之，时人因此称他为“山中宰相”。

陶弘景像

在养生问题上，陶弘景主张形神双修，养性与炼形并重，所以他生活中很重要的一部分是徘徊于山水间，尤其爱松并以听松涛声为乐。他曾遍游江浙的名山胜水，如会稽大洪山、余姚太平山、天台县东天台山等，在寻仙访药之余，饱览了江南山水之佳丽。据史书记载，他“神仪明秀，朗目清眉”，饱得山水之滋。陶弘景隐居茅山四十余年，《答谢中书书》是他写给朋友的一封信，也是著名的写景小品文，共 68 字：

山川之美，古来共谈。高峰入云，清流见底。两岸石壁，五色交辉；青林翠竹，四时俱备。晓雾将歇，猿鸟乱鸣；夕日欲颓，沉鳞竞跃。实是欲界之仙都。自康乐以来，未复有能与其奇者。

文章开头两句引出下文。接着，以“入云”显示山之高峻，以“见底”显示水之清澈，一仰一俯，视野开阔。接着由清流而至两边的景物：五彩缤纷的石壁，郁郁葱葱的树林，碧绿青翠的竹园。一年四季景物茂盛，色彩斑斓。“晓雾将歇，猿鸟乱鸣；夕日欲颓，沉鳞竞跃”写的是动态，晨雾将散时的山猿啼叫，林鸟相鸣；夕阳斜照下清流中的游鱼出没，竞相跳跃，表现出生机勃勃的景象。最后，作者发出由衷的赞叹“实是欲界之仙都”，从谢灵运以来，没有人能够欣赏此景的美妙，而自己却能从中发现无尽的乐趣，期与谢公比肩之意溢于言表。

据后世研究，这封书信当为陶弘景70岁以后所作。谢中书即谢微，出身名门，且锋芒早露，同样深得梁武帝之倚重，曾官至中书鸿胪。谢微的书信早已佚散，今人无法得知信中内容，但陶弘景的答书摒弃客套，直抒胸臆，显出他的大气度。在他笔下，茅山四时俱备、五色交辉、山水清亮、生物灵动，可以说凝聚了陶本人终生激赏江南山林的志趣与情韵。据说齐高帝萧道成曾经诏问陶弘景：“山中何所有？”陶弘景作诗答曰：

《句曲松风图》张宏（明）

山中何所有？
岭上多白云。
只可自怡悦，
不堪持寄君。

清代文人许梿评价《答谢中书书》时曾说：“得此一书，何谓白云不堪持赠？”此言代表了后人对这篇山水小品的激赏之意。

日记游踪

日记体游记是古代游记散文中的一个种类，即用写日记的形式来写游记，记录旅行中的所遇、所闻、所感。唐朝李翱（772—841）的《来南录》是日记体游记中较早的作品，文中记录了作者从洛阳南下广州途中所经的主要山川、都市、名胜，行程长达七千余里，历时五个多月，不过文字相当简略，基本是一部“流水账”式的日记。

北宋欧阳修的《于役志》记录了景佑三年（1036）欧阳修被贬为夷陵令的赴任行程。当时以范仲淹为首的中青年官员与宰相吕夷简政争，范仲淹、尹洙、欧阳修等多名官员被贬，欧阳修由馆阁校勘被贬为夷陵（今湖北宜昌）令。《于役志》按时间顺序记事，记录了被贬谪前数日的活动，以及五月二十四日启程离京、九月十七日抵公安渡的行程。其中被贬谪前数日众亲友的辞别、沿途交游宴饮、观赏名胜古迹和世情风俗，以及考证名胜典故等，都记录在《于役志》中，全稿共 1774 字。

作为宋代第一篇官员赴任旅行日记，再加上作者欧阳修一代文宗的地位，《于役志》被后来的官员纷纷效仿，涌现了一批日记体游记。陆游的《入蜀记》和范成大的《吴船录》就是南宋日记体游记中的双璧，它们的诞生使这种文体呈现出夺目的光彩，也显示了这种体裁的极大优势，为后来明清时期日记体游记的繁荣发展奠定了很好的基础。

◎ 陆游《入蜀记·过大孤山小孤山》

陆游（1125—1210）字务观，号放翁，南宋时越州山阴（今浙江绍兴）人。他出生于北宋末年，在襁褓中就遭逢金兵攻陷汴京，随家人颠沛流离，受社会及家庭影响，自幼即立志抗金救国。陆游一生笔耕不辍，今存有诗歌9000多首，内容极为丰富。除诗歌之外，他在散文方面也著述颇丰，而且造诣很高。尤其是他在中年时所写的日记体游记《入蜀记》，写景物、叙风景、记古迹、作考证，内容庞杂，不仅包含着丰富的文化信息，更重要的是体现出作者独到的审美体验。

南宋乾道五年（1169）十二月，陆游被任命为夔州（今重庆奉节）通判。次年闰五月十八日，他由故乡山阴启程，至十月二十日抵达夔州。在陆游一生中，这是值得关注的一次长途旅行。陆游生于鱼米之乡、畿辅之地，受的是越中习俗文化的熏染，却不得不“残年走巴蜀，辛苦为斗米”（《投梁参政》），必是满腹心酸。另外，他对偏僻且传说中落后而鄙陋的巴蜀可能还有一定的恐惧心理。比如他曾经这样想象夔州的风土人情：“又尝闻此邦，野陋可嘲诮”（《将赴官夔府书怀》）。事实证明，这趟旅程却是相当悠闲舒适的，一路上除了官场应酬、拜访故旧，就是观光采风。作为集诗人、学者、官员于一身的大才子，陆游自是不会放过从江南到三峡的这趟跨文化之旅，江山多娇、意境瑰奇，每遇名胜古迹之地，泊舟登岸是常事，或逗留几个时辰，或盘桓两三天。过瓜州、苏州、黄州、沙头、江陵、石门关、瞿塘峡……加上沿途求医问药、遇大风泊船等，遂耗时良久，而山川名胜、风物人文亦尽在陆游笔下化为华章。除了少数几天只记日期不记事，他每半日就挥就一首诗，每天都写日记，短的百余字，长的逾千言，最终汇成六卷本《入蜀记》。该书将日常旅行生活、自然人文景观、世情风俗、军事政治、诗文掌故、文史考辨、旅游审美等错综成篇，在游历中评古论今，寄怀深远，具有很高的文学价值，因而超出了以往日记体散文流水账式记载的窠臼。

《过小孤山大孤山》是陆游旅行路过小孤山和大孤山时所写的两则日记，是《入蜀记》中极具代表性的篇章，描绘了烽火矶、小孤山、大孤山的景色。

小孤山位于安徽宿松县复兴镇境内，与江西省彭泽县隔江相望。山高约百米，方圆一里，素有“海门天柱”之称。相传大禹治水在此刻石记功，秦始皇刻“中流砥柱”于石上。由于山形像一位云髻高绾的美女，人们又将此山称为“小姑山”。而大孤山在鄱阳湖上，形态如鞋，俗称“鞋山”。民间传说此山为玉女大姑从云中落下的绣鞋化成，因而又名“大姑山”。

八月一日，过烽火矶。南朝自武昌至京口，列置烽燧，此山当是其一也。自舟中望山，突兀而已。及抛江过其下，嵌岩窦穴，怪奇万状，色泽莹润，亦与它石迥异。又有一石，不附山，杰然特起，高百余尺，丹藤翠蔓，罗络其上，如宝装屏风。是日风静，舟行颇迟，又秋深潦缩，故得尽见。杜老所谓“幸有舟楫迟，得尽所历妙”也。

这是文章的开头一段，写烽火矶。从船上远望烽火矶，不过“突兀而已”。而近观时，则发现它“与它石迥异”。另一块“杰然特

《小孤山图轴》王原祁（清）

起”的石头亦“如宝装屏风”。

过澎浪矶、小孤山，二山东西相望。小孤属舒州宿松县，有戍兵。凡江中独山，如金山、焦山、落星之类，皆名天下，然峭拔秀丽皆不可与小孤比。自数十里外望之，碧峰巉然孤起，上干云霄，已非它山可拟，愈近愈秀，冬夏晴雨，姿态万变，信造化之尤物也。但祠宇极于荒残，若稍饰以楼观亭榭，与江山相发挥，自当高出金山之上矣。庙在山之西麓，额曰“惠济”，神曰“安济夫人”。绍兴初，张魏公自湖湘还，尝加营葺，有碑载其事。又有别祠在澎浪矶，属江州彭泽县，三面临江，倒影水中，亦占一山之胜。舟过矶，虽无风，亦浪涌，盖以此得名也。

昔人诗有“舟中估客莫漫狂，小姑前年嫁彭郎”之句，传者因谓小孤庙有彭郎像，澎浪庙有小姑像，实不然也。晚泊沙夹，距小孤一里。微雨，复以小艇游庙中，南望彭泽、都昌诸山，烟雨空濛，鸥鹭灭没，极登临之胜，徙倚久之而归。方立庙门，有俊鹘抟水禽，掠江东南去，甚可壮也。庙祝云：山有栖鹘甚多。

文章第二部分描写小孤山。小孤山地势险要，为历代兵家必争之地，作者先不写风景而提其“有戍兵”，在游览之时亦不忘军国大事。小孤山的“峭拔秀丽”让陆游发出“信造化之尤物也”的感叹，激起了他的游赏之兴。小孤山“祠宇极于荒残”，反映出江山破碎的实景，使作者联想起张浚营葺小孤山庙的往事，寥寥数语表达出他的无限感慨。离开小孤山之后，陆游来到了沙夹，“南望彭泽、都昌诸山，烟雨空蒙，鸥鹭灭没，极登临之胜，徙倚久之而归”。面对江山胜景，作者心中感慨万千，深觉此景“甚可壮也”。陆游在赴任途中，自觉即将施展抱负，内心激昂慷慨，看到鹰隼捕食的景象，更激发了他的报国之志。

二日早，行未二十里，忽风云腾涌，急系缆。俄复开霁，遂行。泛彭蠡口，四望无际，乃知太白“开帆入天镜”之句为妙。始见庐山及大孤。大孤状类西梁，虽不可拟小姑之秀丽，然小孤之旁，颇有沙洲葭苇，大孤则四际渺弥皆大江，望之如浮水面，亦一奇也。江自湖口分一支为南江，盖江西路也。江水浑浊，每汲用，皆以杏仁澄之，过夕乃可饮。南江则极清澈，合处如引绳，不相乱。晚抵江州。州治德化县，即唐之浔阳县，柴桑、栗里，皆其地也；南唐为奉化军节度，今为定江军。岸上赤而壁立，东坡先生所谓“舟人指点岸如赪”者也。泊湓浦，水亦甚清，不与江水乱。自七月二十六日至是，首尾才六日，其间一日阻风不行，实以四日半溯流行七百里云。

文章的最后一段写次日早上，陆游前行时天气骤变，“忽风云腾涌，急系缆。俄复开霁，遂行”。风云腾涌后，景色无限开阔，于是见到了大孤山。之后突出大孤山之奇：“望之如浮水面”，江水清浊分明，“合处如引绳，不相乱”，隐喻主战和主和两派的势不两立。

《入蜀记》风格清新俊逸，自然爽洁，其中引用大量典故，古事、古语点缀在景物的描写之间，熔自然风景与人文情怀于一炉，使得文章充满了古典和文雅的气息，历来被看作文人游记的上品。

◎ 范成大《吴船录·峨眉山行纪》

南宋淳熙二年（1175），范成大结束了在桂林的三年任期，转至四川任制置使兼知成都府。此时陆游仍在川地，旧友之间由此发生了令人欣喜的交集。在担任夔州通判两年后，陆游先是应四川安抚使、抗战派领袖王炎之邀，奔赴南郑（今陕西汉中）抗金前线兴元府，后来王炎被朝廷召回，幕府解散，范成大由此聘请陆游到自己府中作参议官，主宾酬唱，甚为相得。陆游“放翁”的号正取自这段游幕期。

淳熙四年(1177)年，范成大接到王命，要他结束历任两年的四川制置使任职，返回临安述职。他和家眷、宾幕、送行的文人好友，以及护送他的兵士一行估计有数十人之多。

五月二十九日，范成大一行数十人从成都起舟，开始了长达五个月的返乡（苏州）之旅。范成大把这次返乡旅行看作是不可多得的欣赏风景胜迹、考察地理历史的重要机会。于是，在到达岷江本该继续南下时，他转为陆行北上，绕大圈去游都江堰、青城山及蜀州等地。以后，每在一个重要地方下船，范成大总要以该地为起点游历周围名胜山川，如在“众水之会”的嘉州，除了游大佛、凌云，他还单骑西游峨嵋；至忠州（今重庆忠县），游酆都（今重庆丰都县）；进入三峡后，游瞿

《峨眉雪霁图》袁江（清）

塘峡滟滪堆、巫峡神女庙，游西陵峡归州屈原祠、明妃庙；泊鄂州时，在黄鹤山南楼赏月，作乐府风的《水调歌头》；至江州，他登庾楼，停船访庐山。沿江周围著名的名胜山川他几乎都要亲历，并在必要时加以详细记录，因此这着实是一次沿着长江的万里纪行。他一路途经四川、湖北、江西、安徽、江苏，至十月三日终，其间所见所闻也汇成一部日记体游记，名为《吴船录》。书名取自杜甫的名句“门泊东吴万里船”。

文学史上因此出现了极有意趣的双生现象，陆游的《入蜀记》与范成大的《吴船录》问世前后相距七年，前者入蜀，后者出蜀，所走均为水路，行程大部分重合，而且出行季节、持续时间也相仿。因此，陆游与范成大常常是先后游览同一处风景名胜，有时甚至晚上栖泊在同一个码头。

在《吴船录》中，写景最详尽生动的段落当数峨嵋之游，后人专门将其辑出，题为《峨眉山行纪》，是古代游记里最优秀的作品之一。范成大在四川为官四年，未能一游峨眉山，这次离开蜀地，途中泊舟于嘉州（今四川乐山），即“单骑入峨眉”。淳熙四年（1177）六月二十四日，他抵达峨眉县，次日正式登山。

峨眉山自古天下闻名，在四川省峨眉县城西南，地势陡峭，风景秀丽，有“秀甲天下”之誉。峨眉山还是中国四大佛教名山之一，主要崇奉普贤菩萨。峨眉山有三峰突起，称为大峨、中峨、小峨，本文所记的是作者登上主峰大峨的情景。大峨峰顶就是人所周知的“金顶”，海拔3000余米，为峨眉山最高峰，也是峨眉山的象征。金顶景色是全山景物精华所在，素有日出、云海、佛光、圣灯四大奇观，其中以“佛光”最为著名。天晴时登上金顶，当下方弥漫着雾气时，若有人背对太阳站在金顶上，让阳光从身后射来，身前下方的雾幕上就会出现一个彩虹光晕，中间浮现出自己的身影，并且影随人动，这就是神奇的“佛光”。

人云：“佛现悉以午，今已申后，不若归舍，明日复来。”逡巡，忽云出岩下傍谷中，即雷洞山也。云行勃勃如队仗，既当岩，则少驻。云头现大圆光，杂色之晕数重，倚立相对，中有水墨影如仙圣跨象者。一盏茶顷，光没，而其傍复现一光如前，有顷，亦没。云中复有金光两道，横射岩腹，人亦谓之“小现”。

（次日）……复诣岩殿致祷，俄氛雾四起，混然一白。僧云：“银色世界也。”有顷，大雨倾注，氛雾辟易。僧云：“洗岩雨也，佛将大现。”兜罗绵云复布岩下，纷郁而上，将至岩数丈辄止，云平如玉地。时雨点有余飞。俯视岩腹，有大圆光偃卧平云之上，外晕三重，每重有青、黄、红、绿之色。光之正中，虚明凝湛，观者各自见其形现于虚明之处，毫厘无隐，一如对镜，举手投足，影皆随形，而不见傍人。僧云：“摄身光也”。此光既没，前山风起云驰。风云之间，复出大圆相光，横亘数山，尽诸异色，合集成采，峰峦草木，皆鲜妍绚茜，不可正视。云雾既散，而此光独明，人谓之“清现”。凡佛光欲现，必先布云，所谓“兜罗绵世界”。光相依云而出，其不依云，则谓之“清观”，极难得。食顷，光渐移，过山而西。左顾雷洞山上，复出一光，如前而差小。须臾，亦飞行过山外，至平野间转徙，得得与岩正相值，色状俱变，遂为“金桥”，大略如吴江垂虹，而两圯各有紫云捧之。凡自午至未，云物净尽，谓之“收岩”，独金桥现至酉后始没。

《吴船录》中的《峨眉山行纪》是目前能见到的最早的峨眉山游记，而文中对峨眉佛光的描写，也应该是史上关于峨眉佛光最早的文字记录。其完整地记录了一次佛光产生的全过程，详尽描述了光色和折射的阴影变化，尤其是神奇的“摄身光”。范成大将佛光不同的表现形态分成五种：出现时间长的叫“大现”；瞬息即逝的叫“小现”；偃卧于白云之上，将人影摄于光环之中的叫“摄身光”；云散而光独存的叫“清现”；光环西移，略似垂虹的叫“金桥”。不仅如此，文中还叙述了佛光出没的时间、地点，尤其是佛光形成的条件等。在作者笔下，佛光现象显得翩若惊鸿，宛若游龙，描写细腻生动，虚实、动静结合。如“光之正中，虚明凝湛，观者各自见其形现于虚明之处，毫厘无隐，一如对镜，举手动足，影皆随行，而不见傍人”；又如“前山风起云驰，风云之间复出大圆相光，横亘数山，尽诸异色，合集成采。峰峦草木，皆鲜妍绚茜，不可正视”。作者凭借深厚的诗歌及文字功力将所观察的景致精妙确切地勾画出来，真切如画，令人读来有身临其境之感。

千古赤壁留双赋

中国几千年的历史一直伴随着大大小小的战争，而三国时期的赤壁之战绝对算得上最著名的战役之一。东汉建安十三年（208），北方军阀曹操率大军南下攻打东吴，东吴首领孙权与刘备组成联军，在赤壁与曹军隔江对峙，大战一触即发。当年十一月，孙刘联军在周瑜指挥下，借助风势动用火攻，大火葬送了曹操 26 万兵马，东吴和刘备的军队乘胜追击，大获全胜，曹操率残部北归。这次战役是史上以少胜多的著名战例，奠定了魏、蜀、吴三国鼎立的基础。

湖北境内的长江两岸有两个赤壁，一个在今天的赤壁市（1998 年以前称蒲圻县）的西北部，位于长江南岸，通常叫“蒲圻赤壁”；一个在黄冈市黄州区城外，在长江北岸，称“黄州赤壁”。据历史学家考证，一般认为三国时周瑜火烧赤壁的“赤壁”是前者。而黄州赤壁之所以特别有名，是因为唐代诗人杜牧曾在这里写了著名的七言绝句《赤壁》。而杜牧之后，北宋文豪苏轼又借题发挥，在这里写了《前赤壁赋》《后赤壁赋》和《念奴娇 · 赤壁怀古》。他们的名气本来就很大，这四篇文学作品又无一不是经典之作，所以经过千年传诵，黄州赤壁的名声甚至超过了蒲圻赤壁。

唐宋时期，黄州属下等州被视为“鄙陋州郡”，杜牧于不惑之年

《赤壁图》【局部】武元直（金）

到此地任刺史，实为贬谪。苦闷之中，杜牧写了一首《赤壁》来安慰自己：

> 折戟沉沙铁未销，自将磨洗认前朝。
> 东风不与周郎便，铜雀春深锁二乔。

杜牧在黄州任上两年兢兢业业、政绩颇丰，而黄州的知名度也因为杜牧显赫的名声、不朽的诗作而大大提高。可以说，杜牧是黄州历史上第一位深具影响力的地方官员。235年后，又一个于不惑之年的大文人被贬黄州，这个人的到来足以令黄州千古流芳。这个人就是苏东坡。苏轼（1037—1101），字子瞻，号东坡，眉州眉山（今四川眉州）人。北宋大文学家，诗词、散文、书法、绘画均有杰出成就。其散文汪洋恣肆，明白畅达，与父苏洵、弟苏辙并称“三苏”，都列入“唐宋八大家”。

苏轼任性率直，常常随口批评时政，他反对王安石变法，常写文章讽刺新法。宋神宗元丰二年（1079），谏官李定、舒亶等人收集了苏轼的诗集，从中牵强地找出苏轼反对朝廷的言论，弹劾苏轼写诗文反对新法。苏轼因此被捕入狱，这就是“乌台诗案”。当时苏轼刚刚上任湖州知州，案发后，他于七月二十八日被捕，八月十八日被投入御史台监狱，此后的130多天里，他饱受审判、辱骂和死亡恐惧之苦。后经众人求情、皇帝慎重思虑，他终获释放，贬至黄州任团练副使。苏轼在黄州时，度过了人生中最为艰难的时光。

不过苏轼生性旷达，不久便随遇而安。当时的太守、县令以及百姓对他都非常友好。苏轼在黄州期间，倒也过得清静太平。他向官府申请了五十亩荒地，耕种粮食和瓜果蔬菜。唐代诗人白居易当年被贬忠州刺史时曾经“东坡种花”，而苏轼的这块地恰好在城东门外边的一块土坡上，为了表示对白居易的尊敬，苏轼便将这块地定名“东坡”，他因此自号“东坡居士”。东坡一家人寄住在一所官府废弃的驿站房屋，名“临皋亭”，后来苏轼在东坡旁自造五座瓦房，在四壁画上雪景，名之“雪堂”。

在黄州期间，东坡外出游览了麻城、武昌、黄冈、黄陂等鄂东大地。而黄州城内的四望亭、高寒楼，城东南的朝天门、南坡、任公亭，城南的承天寺、快哉亭、洗墨池，以及诸多园林、寺院、山丘、溪谷、泉水、民家等更是他频繁的纪游之地和交友之所。

元丰五年（1082）七月到十月，苏轼游黄州赤壁，满怀豪情地写下了流传千古的词作《念奴娇·赤壁怀古》和两篇《赤壁赋》。

◎ 苏轼《赤壁赋》

壬戌之秋，七月既望，苏子与客泛舟游于赤壁之下。清风徐来，水波不兴。举酒属客，诵明月之诗，歌窈窕之章。少焉，月出于东山之上，徘徊于斗牛之间。白露横江，水光接天。纵一苇之所如，凌万顷之茫然。浩浩乎如冯虚御风，而不知其所止；飘飘乎如遗世独立，羽化而登仙。

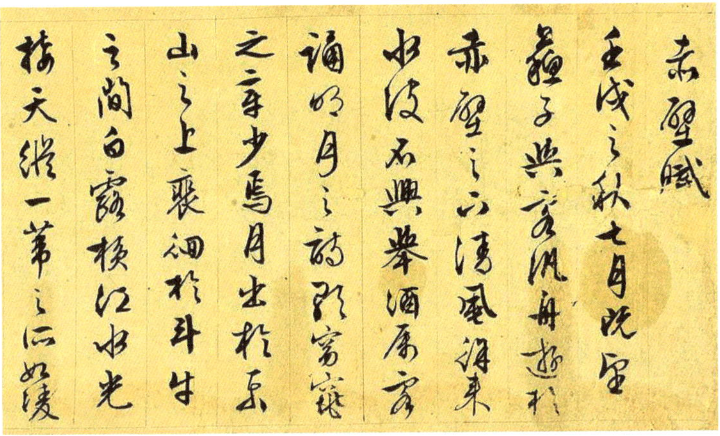

行书《赤壁赋》【局部】文徵明（明）

于是饮酒乐甚，扣舷而歌之。歌曰：“桂棹兮兰桨，击空明兮溯流光。渺渺兮予怀，望美人兮天一方。”客有吹洞箫者，倚歌而和之。其声呜呜然，如怨如慕，如泣如诉，余音袅袅，不绝如缕。舞幽壑之潜蛟，泣孤舟之嫠妇。

苏子愀然，正襟危坐，而问客曰：“何为其然也？”客曰：“‘月明星稀，乌鹊南飞。’此非曹孟德之诗乎？西望夏口，东望武昌。山川相缪，郁乎苍苍，此非孟德之困于周郎者乎？方其破荆州，下江陵，顺流而东也，舳舻千里，旌旗蔽空，酾酒临江，横槊赋诗，固一世之雄也，而今安在哉？况吾与子渔樵于江渚之上，侣鱼虾而友麋鹿，驾一叶之扁舟，举匏樽以相属。寄蜉蝣于天地，渺沧海之一粟。哀吾生之须臾，羡长江之无穷。挟飞仙以遨游，抱明月而长终。知不可乎骤得，托遗响于悲风。

七月十六日的夜晚，苏轼与几位要好的朋友泛舟在赤壁之下，众人开怀畅饮，吟唱《诗经·月出》：“月出皎兮，佼人僚兮！舒窈纠兮，劳心悄兮！”明月升起后，“白露横江，水光接天”，众人有感于这种缥缈若仙的美景，遂任小舟在江上恣意漂流，一时间有了一种遗世独立、羽化登仙之感。苏轼忍不住扣舷而歌，道士杨世昌以洞箫相和，其声却如怨如慕，如泣如诉，其悲伤之情似乎要“舞幽壑之潜蛟，泣孤舟之嫠妇”。箫声为何如此悲伤呢？按杨世昌自己的解释是，当年曹操刚刚攻破荆州、收取江陵时，大军顺流东下，不愧是盖世英雄，可现在又身在何处呢？曹操这样伟大的人物尚且如此，我们这些凡夫俗子更只不过是天地一蜉蝣、沧海一粒粟罢了！由此，美景引发人思考人生最根本性的悲剧，那就是生命短暂、渺小而又无法超越。

这种悲痛自古就不断地有人表达，王羲之在兰亭醉书“人之相与，俯仰一世”（《兰亭序》），东汉无名文人直言“人生寄一世，奄忽若飙尘”（《古诗十九首·今日良宴会》），枭雄曹操也悲叹“对酒当歌，人生几何？譬如朝露，去日苦多”（《短歌行》），他们都倾泻了人生不得自由永恒之痛。可以说，这是古今中外所有人都会面对的一个根本性的困境。而历经多年的挫折和苦思，苏轼在黄州这个偏塞之地，借赤壁上的江月表达了他的看法：

苏子曰：“客亦知夫水与月乎？逝者如斯，而未尝往也；盈虚者如彼，而卒莫消长也。盖将自其变者而观之，则天地曾不能以一瞬；自其不变者而观之，则物与我皆无尽也，而又何羡乎？且夫天地之间，物各有主，苟非吾之所有，虽一毫而莫取。惟江上之清风，与山间之明月，耳得之而为声，目遇之而成色，取之无禁，用之不竭，是造物者之无尽藏也，而吾与子之所共适。”

江水日夜流逝，但没有一分减少；月光由圆而缺，也没有一点增损。生与死不过是生命的不同存在形式。由生到死，就像流水由西到东、明月由盈而缺，生命本身其实并无变化。要说变化，天地万物每一秒钟都在变；要说不变，天地万物从来都不曾消失。天地万物，各有其主，不是自己的，一分一毫也无法获取。东坡的一番妙语使朋友豁然开朗。最后——

客喜而笑，洗盏更酌。肴核既尽，杯盘狼藉。相与枕藉乎舟中，不知东方之既白。

苏轼非常善于从山川自然中汲取营养，他在青山秀水中形成了随缘自适、超然物外的情怀，而且喜欢借山水景物来寄寓自己所领悟的深刻的人生哲理。比如他在黄州沙湖的清泉寺，面对灿烂春光、西流泉水，写下“谁道人生无再少？门前流水尚能西”（《浣溪沙·山下兰芽短浸溪》）这样的豪迈壮语。再如，在路上突遭风吹雨打时，友人都颇觉狼狈，而他却能一边吟咏长啸一边悠然行走，因为对他来说，天地实际“也无风雨也无晴”（《定风波·莫听穿林打叶声》）。而能至如此旷达境界的人必是百炼成钢、宠辱不惊了。

《赤壁赋》还表现出苏轼对庄子哲学的深彻领悟。庄子认为，“道”生天地万物，虽然天地万物其形态、名称、存在时间长短各异，但它们皆顺道而生，顺道而灭，都是“道”运行的结果。“道”

青花瓷“赤壁放游”纹提梁壶（清）

使万物生灭流变，无穷无尽。在万物与道共存这一点上，并没有什么生灭存亡、大小长短之分。有了这种哲学认识，那种有羽化登仙、与自然美景融为一体的审美体验才能真正上升到“天地与我并生，万物与我为一”（《庄子·齐物论》）的境界。所以，只要世人愉快地享受这江上清风、山间明月，就是与自然一起变化，不必担忧生命的短暂而羡慕江水的永恒。

◎ 苏轼《后赤壁赋》

同年十月十五日，东坡再游赤壁，写下了《后赤壁赋》。

是岁十月之望，步自雪堂，将归于临皋。二客从予，过黄泥之坂。霜露既降，木叶尽脱。人影在地，仰见明月，顾而乐之，行歌相答。已而叹曰：“有客无酒，有酒无肴，月白风清，如此良夜何？”客曰：“今者薄暮，举网得鱼，巨口细鳞，状如松江之鲈。顾安所得酒乎？”归而谋诸妇。妇曰：“我有斗酒，藏之久矣，以待子不时之须。”于是携酒与鱼，复游于赤壁之下。江流有声，断岸千尺，山高月小，水落石出。曾日月之几何，而江山不可复识矣！

予乃摄衣而上，履巉岩，披蒙茸，踞虎豹，登虬龙，攀栖鹘之危巢，俯冯夷之幽宫。盖二客不能从焉。划然长啸，草木震动，山鸣谷应，风起水涌。予亦悄然而悲，肃然而恐，凛乎其不可留也。反而登舟，放乎中流，听其所止而休焉。

时夜将半，四顾寂寥。适有孤鹤，横江东来。翅如车轮，玄裳缟衣，戛然长鸣，掠予舟而西也。须臾客去，予亦就睡。梦一道士，羽衣蹁跹，过临皋之下，揖予而言曰：“赤壁之游乐乎？”问其姓名，

《赤壁图》李嵩（宋）

俯而不答。“呜呼！噫嘻！我知之矣。畴昔之夜，飞鸣而过我者，非子也邪？”道士顾笑，予亦惊寤。开户视之，不见其处。

本篇是《赤壁赋》的继续，两篇虽都以秋江夜月为景，以客为陪衬，作者在文中抒发的思想感情也并无二致，但笔墨却全不相同。《后赤壁赋》重在状景，更具诗情画意。文章开始就写作者在月夜与客行歌相答，“携酒与鱼”而游。接着描写月夜景色。虽然写景的文字只有“江流有声”四句，却写出月下赤壁的独特夜景，从而引出弃舟登岸的雅兴。夜游赤壁的意境安谧清幽、山川寒寂，“履巉岩，披蒙茸，踞虎豹，登虬龙；攀栖鹘之危巢，俯冯夷之幽宫”，景物开阔、境界高远。当苏轼独自一人登临绝顶时，“划然长啸，草木震动，山鸣谷应，风起水涌”的场景又使他产生凄清忧惧之心，不得不返回舟中。一只孤鹤“横江东来”“戛然长鸣”后西去，更添凄清之色。全文最后写作者在梦中见到了曾经化作孤鹤的道士，表露了苏轼出世入世矛盾思想所带来的内心苦闷。结尾“开户视之，不见其处”八个字具有双关的含义，表面是说梦中的道士倏然不见，更深的内涵却是作者对自己前途、理想、抱负的迷茫和疑惑。

《赤壁赋》和《后赤壁赋》两赋一出，在宋代文学以及整个中国古代文学史上都取得了很高的地位。而且月夜泛舟赤壁这一风流雅事，对后世也产生了极大的感召力。“七月既望”这一日甚至发展为一个固定的泛舟游节日——尤其如果该日恰好赶上六十年一次的壬戌七月既望，那就更是值得大加纪念的特殊日子。喜爱苏赋的文人甚至将他地的绝壁也设想为长江赤壁，于是在多地形成了赤壁船游的民俗。这些足可见东坡赋及东坡本人的深广魅力。

“苏东坡夜游赤壁”橄榄核雕

故都寻踪

在古代文学史上，怀古是一个永恒的主题。我国历史悠久、地域辽阔，各种名胜遗迹遍布大江南北，其中尤以各大古都为甚，如北京、南京、洛阳、西安等。这些古都记录了朝代兴亡的历史，给人一种沧桑之感。古代文人往往热衷于游历前朝故都，面对自然景致与人文景观的交融，很容易被激发出怀古之思。在历代游记中，就有一类以游历古代都城为主题的游记，作者以眼前古迹为载体，抒发对历史、家国以及现实的感怀。

◎ 杨炫之《洛阳伽蓝记·景明寺》

洛阳位于神州大地的中部，不但在地理位置上是全国交通之要塞，而且从商周时期直到宋代都是全国的政治、经济、文化中心和军事重镇，战略地位极其重要。而两汉时期佛教传入中土以后，洛阳又成为了佛教传播的中心。

相传在东汉永平七年（64），汉明帝夜里梦见一个神人身披金光在大殿前飞行，第二天向大臣询问此梦有什么寓意。太史傅毅回答说："西方有名为'佛'的神仙，陛下梦见的恐怕就是他。"明帝于是派蔡愔、秦景等人到西域求佛。三年后，他们在西域遇到高僧迦叶摩腾

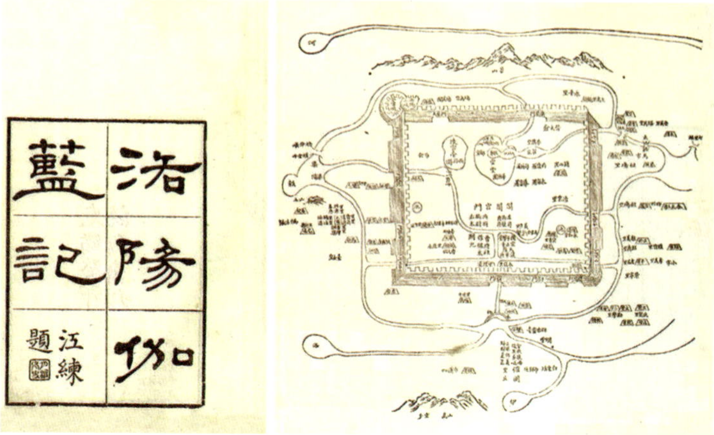

《洛阳伽蓝记》中的地图

和竺法兰，便邀请他们来华。迦叶摩腾、竺法兰用白马驮着佛像、经卷来到洛阳。明帝下旨在洛阳城建造白马寺供他们居住。二位高僧在寺中译出了《四十二章经》，被认为是中土最早的佛经译本。从那时候开始，信仰佛教便在汉王室之中流传开来。后来，随着全国政局的动荡，佛教又逐渐地向民间扩展，并不断地呈现出燎原之势。但是由于传统的儒家和黄老思想的影响，佛教自上而下的传播遇到了难以想象的砠力，无法迅速在民间普及，以至于到晋怀帝永嘉（307—313）末年的时候，洛阳的佛寺不过 42 所而已。495 年，北魏孝文帝迁都洛阳，继而推行了一系列汉化措施，给佛教创造了一个不可多得的发展机遇——不仅寺塔如雨后春笋般纷纷涌现，而且其建筑也无比奢华。仅北魏都城洛阳，城内外就建寺一千余所。其后政权更迭，洛阳陷于兵燹，繁华之地成为废墟，都城也迁到了邺。

东魏武定五年（547），杨炫之因公务路过洛阳，面对故都“城郭崩毁，宫室倾覆，寺观灰烬，庙塔丘墟”的凄凉景象，感慨伤怀，因此作此书，追记洛阳昔日景象，保存史实；抒发国家破亡、京都倾毁的悲伤之情。

杨炫之是北平（今河北满城）人，曾任期城郡太守。他的生平没有留下资料，但他的名字却因一部《洛阳伽蓝记》而留传后世。

《洛阳伽蓝记》历数北魏洛阳城的佛寺，记载其演变盛衰，分城内、城东、城西、城南、城北五卷叙述，对寺院的缘起变迁、庙宇的建制规模及与之有关的名人轶事、奇谈异闻都记载详实。其书名“伽蓝”，即梵语“僧伽蓝摩”之略称，意为“众园”或“僧院”，是佛寺的统称。此书不仅有非常重要的史料价值，而且在文学方面也取得了很高成就，四库馆臣评其“其文秾丽秀逸，烦而不厌，可与郦道元《水经注》‘肩随’”。

景明寺，宣武皇帝所立也。景明年中立，因以为名。在宣阳门外一里御道东。其寺东西南北，方五百步。前望嵩山、少室，却负帝城，青林垂影，绿水为文。形胜之地，爽垲独美。山悬堂观，光盛一千余间。复殿重房，交疏对溜，青台紫阁，浮道相通，虽外有四时，而内无寒暑。房檐之外，皆是山池，竹松兰芷，垂列堦墀，含风团露，流香吐馥。至正光年中，太后始造七层浮图一所，去地百仞，是以邢子才碑文云“俯闻激电，旁属奔星”是也。庄饰华丽，侔于永宁。金盘宝铎，焕烂霞表。

寺有三池，萑蒲菱藕，水物生焉。或黄甲紫鳞，出没于繁藻，或青凫白雁，浮沈于绿水。碾硙舂簸，皆用水功。

这段文字首先讲了洛阳城南景明寺的由来与位置。景明寺是宣武皇帝所建，因建于景明年间而得名。它位于宣阳门外一里，御道之东。寺院五百步见方。前与嵩山、少室山遥遥相望，后则背靠洛阳城。青

洛阳龙门石窟中开凿于北魏的洞窟与佛像

青的树林垂下倒影，碧绿的河水荡起美丽的波纹，风景优美，高朗干燥，独擅其美。寺中殿堂观阁光辉隆盛，像是从山上悬挂下来似的，共一千多间。佛殿与僧房重重叠叠，刻有花纹的窗子与屋檐青瓦两两相对。青色高台与紫色楼阁之间凌空架设通道，交相往来。虽然寺院外部四季变化，而寺院里面却没有寒暑之别。房檐的外面都是山与池沼，青松、翠竹、兰草、白芷分别排列在台阶两旁，被风吹拂着，身上带着圆圆的露珠，散发出浓郁的芳香。到孝明帝正光年间，胡太后才在这里造了一座七层宝塔，有一百仞高。所以邢子才在撰写的碑文上说“在塔上低身弯腰听雷声，流星从自己疾驰而过”。宝塔的装饰华丽，与永宁寺塔不相上下。塔上的铜盘与大铜铃在云外发出灿烂的光辉。

景明寺有三座池塘，池中生长着芦苇、香蒲、菱角、莲藕等植物。龟鳖与鱼儿在水草中出没，黑色的野鸭与白色的雁鹅在绿水中沉浮。这里碾米、磨面、舂米、扬糠，都是利用水力的作用。

作者用细腻的笔触简要介绍了城南景明寺的由来和位置，寺内的殿堂、庭园、浮图及三池等。文章以夸张的笔法、华丽的辞藻、骈散相间的句法，描绘出寺院宏伟的规模、富丽的建筑，反映出当时佛教兴盛的历史面貌，读者从文中可以想见当时寺庙建筑的富丽堂皇和佛教的兴盛。

◎ 欧阳詹《曲江池记》

在今天西安南郊、大雁塔东南方向约一公里的地方，便是盛唐时期长安城最著名的风景区——曲江的所在地。

杜甫《哀江头》诗引《西京杂记》说：“京城龙华寺南有流水屈曲，谓之曲江。在秦时为宜春苑，汉时为乐游原。玄宗开元中，凿池引水，环植花木，为京城胜赏之地。”也就是说，曲江的开发颇有历史：先是秦始皇在此有离宫，汉初又修“宜春后苑”和“乐游苑”。而汉武帝则疏通淤塞的泉水口，使水面得以扩大，又因这一带水流屈曲，便以“曲江”名之，并将它划入上林苑作为皇家的园囿景致。隋朝修建大兴城，曲江位于其东南隅，在经过一系列巧妙规划和设计后，曲江开始对游人进行开放。唐朝初期，大兴城改名长安城，善于游玩的唐玄宗对曲江进一步扩建，在其周围修建了许多亭台楼阁及其他游乐设施。群山环绕之中，曲江水波浩渺，无数亭台楼阁又掩映于山水之间，风景可谓是美轮美奂，曲江风景从此盛传天下。唐代著名山水画家李昭道所绘的《曲江图》，生动形象地展现了当年曲江的壮丽景色和繁盛场面。

唐时科举已经制度化，每年十月，举人们汇集于京师，等待参加来年春天的考试。考试时间通常都在正月、二月之间，放榜因此也多在二月。自放榜至吏部关试（举子及第后，还要通过吏部的考核才能分配工作、任命职务，称为“关试”）前后，正是曲江胜地的游览佳期，唐诗人鲍防写《忆长安·二月》：

百啭宫莺绣羽，千条御柳黄丝。
更有曲江胜地，此来寒食佳期。

无论榜上高中还是未中的文人们，此时都有了充足的时间和理由去放纵自我，去一展数月紧张应试而导致的疲累。他们在此间最重要的活动，就是去参加各种各样的宴集。五代时王定保所作的《唐摭言》记录了宴集的各类名目，有相识宴、闻喜宴、樱桃宴、月灯打球、赏牡丹、看佛牙、曲江关宴以及杏园探花和慈恩寺雁塔题名等活动，这些活动可总称为“曲江大会”。而如闻喜宴、曲江关宴、杏园探花、雁塔题名等活动的的确确就发生在曲江或者曲江附近。

当年的盛况究竟如何呢？朝廷在放榜后会下诏命新中的进士们举行宴会，这最初的闻喜宴多会择曲江之滨进行。春风得意的新进士们，无论是翩翩少年还是年迈老翁，均可以在此间纵情声色，恣意挥霍金钱和体力。当然没钱的也可以选择稍逊一筹的消遣方式，“忆昔羁贫应举年，脱衣典酒曲江边”（白居易《府酒五绝·自劝》）。而关试之后的最后一项重头戏——曲江关宴，则更是一年一度最隆重的欢乐嘉年华。《唐摭言》这部著作不但汇录了科举制度的掌故，同时还追

西安曲江池遗址公园（图片提供：微图）

忆了科举士人的言行，其中对“曲江会”如此注解：“曲江大会在关试后，亦谓之‘关宴’。宴后同年各有所之，亦谓之为‘离会’。”科举士人长达数月的长安之居到此即将结束，从此或一步踏入上流社会，开始担任各种行政职务，或黯然神伤告别这繁华之地，回乡再备他年之试，因此此宴意义非比寻常。

于是为了这最后的盛宴，“四海之内，水陆之珍，靡不毕备。……曲江之宴，行市罗列，长安几于半空”。（《唐摭言》）其规模之大，甚至直接促成了“进士团”这样一个专门负责组织进士宴席的民间营业组织的诞生。“既撤馔，则移乐泛舟，又有月灯阁打球之会”，他们一个个身着盛装，器宇轩昂，饱尝美酒佳肴之后再登画舟泛流于曲江池面，一边饮酒赋诗，一边欣赏湖光山色。隋朝统一中国后，南方的文人雅气也被传到了北方。隋炀帝更是将南方文人学士盛行的“曲水流觞”习俗引入到宫中，给曲江带来了一种优雅的人文精神。流饮成为曲江宴会的最大特色，新科进士们置杯酒于流水之上，任其漂流，流至谁前则由谁饮酒作诗。在众多皇亲国戚和达官贵人的注目下，能参加这样的活动，成为其中的一员，不仅是一种身份的象征，更是新科进士们炫耀的一大资本。据《开元天宝遗事》记载，进士郑愚、刘参等十几人聚集在曲江一个花木繁茂的角落，就草地而坐，脱去帽子外衣，开怀畅饮。其间，有人甚至赤裸狂笑，还有斗酒、大声喧呼等怪异行为，颇有魏晋遗风。

时值二月至四月，长安正是花卉环周、烟水明媚的季节。唐人爱游赏，尤其是在中和、上巳等节，都人会倾城而出，到郊野或园圃赏花饮酒。意气风发的新科进士是曲江关宴的主角，公卿贵族则带着家眷，在年轻的进士中为自己的女儿物色佳婿，有时连皇帝也会来凑热闹。“三月三日天气新，长安水边多丽人”（《丽人行》）、“昭阳殿里第一人，同辇随君侍君侧”（《哀江头》）讲的正是唐玄宗与杨贵妃及其姊妹游幸曲江的盛事。据说为了方便前往曲江游乐，唐玄宗还专门让人在长安城的东墙边修筑了“夹城”，并常与杨贵妃一同前往曲江的芙蓉园赏花，和大臣们一起在曲江游宴，并作诗唱和。这时的曲江，可以说是车填马隘，人流如潮，热闹非凡。曲江之盛，正是长安之盛，唐朝之盛。

安史之乱（755—763）爆发后，长安城遭受了严重的破坏，曲江池自不能幸免于难。“曲江亭子，安、史未乱前，诸司皆列于岸浒；幸蜀之后，皆烬于兵火矣，唯尚书亭子存焉。”（《唐摭言》）安史之乱平息后，朝廷对整个曲江风景区又进行了一些修复，使得前来曲江游赏之人再次增多。中唐时期的文人欧阳詹便写下了著名的《曲江池记》。

欧阳詹（？—800），字行周，福建晋江人。他自幼饱读诗书，但因生性好静，因而无心功名。后来，在双亲的严命和亲友的激励下，才决心参加科考。贞元二年（786），欧阳詹北上长安参加进士应试。他在长安城住了六年，贞元八年（792），终于与贾稜、韩愈、李观等青年才俊同登金榜，欧阳詹第二名，韩愈第三名。欧阳詹与韩愈同榜登科，志同道合，成为一生的挚友。贞元十五年（799），欧阳詹被朝廷授予国子监四门助教的官职，在任上全力支持和参与韩愈、柳宗元等人倡导的古文运动。欧阳詹是闽南地区首位考中进士的学子，后人认为，从欧阳詹中进士后，闽南文士才开始向慕读书，儒学风气由此振兴。

欧阳詹在客居长安的789年，作有《曲江池记》。文章首先介绍了曲江池的位置、规模以及离宫别馆的景致，接下来详述了有唐以来曲江池的建造与疏浚，描摹了苑内的气候、环境——

皎皛如练，清明若空。俯睇冲融，得渭北之飞雁；斜窥澹泞，见终南之片石。珍木周庇，奇花中缛。重楼夭矫以萦映；危榭巉岩以辉烛。芬芳菡漻，澋溔电诞，凝烟吐霭，泛羽游鳞，斐郁郁以闲丽，谧徽徽而清肃。其涵虚抱景，气象澄鲜，有如此者。

文章的重心在曲江池游园的景象，鼓乐齐鸣，游人如织，一派繁花锦绣——

皇皇后辟，振振都人，遇佳辰于令月，就妙赏乎胜趣。九重绣毂，翼六龙而毕降；千门锦帐，同五侯而偕至。泛菊则因高乎断岸，祓禊则就洁乎芳沚。戏舟载酒，或在中流。清芬入襟，沉昏以涤；寒光炫目，贞白以生。丝竹骈罗，缇绮交错，五色

《虢国夫人游春图》张萱（唐）

结章于下地，八音成文于上空。砰訇沸渭，神仙奏钧天于赤水；黔蔼敷俞，天人曳云霓于元都。其洗虑延欢，俾入怡怿，有如此者。至若嬉游以节，宴赏有经，则纤埃不动，微波以宁，荧荧渟渟，瑞见祥形。其或淫湎以情，泛览无斁，则飘风暴振，洪涛喷射，崩腾骆驿，妖生祸觌，其栖神育灵，与善惩恶，有如此者。

欧阳詹感念曲江池在唐都长安的作用，认为天生大唐就当有长安城这样的城邑以成其都，有长安城就必要有曲江这样的池园来辅其功。他盛赞曲江池湖面广阔，“总天府之津液”，上有源，下有流，可以消除污秽，改善长安城的环境。曲江池风景绝佳，“皎晶如练，清明若空”，成为官民游赏的佳地，都城士庶的生活都因曲江而平添了几多雅致。欧阳詹从盛唐之衰有感：曲江池似乎颇有灵异。曲江平静，天下太平；曲江泛滥成灾，祸患或许丛生。此文当是对曲江历史、文化、政治功能的最好概括。

唐时文人学士对曲江有股天然的依恋，他们更愿意把曲江当做心灵的依托之地，这使得曲江的人文色彩格外浓厚。有唐一代，如杜甫、白居易、韩愈、孟郊、李绅等无数文化名人都在曲江留下了足迹和佳作，至今，曲江还流传着许多与之相关的历史文化故事，它们都是曲江给后人留下的精神遗产。但是五代以后，长安失去了国都之位，城市气象衰减，曲江也随之荒废。北宋前期，曲江池周围已变得相当荒凉。

◎ 杜牧《阿房宫赋》

在历代皇朝建造的宫殿之中，秦代的阿房宫无疑是最具传奇色彩的一座。秦始皇在消灭六国、建立秦朝以后，在都城咸阳大兴土木，建筑宫殿，其中规模最大的就是阿房宫。据《史记·秦始皇本纪》记载，秦始皇三十五年（前 212），秦始皇认为都城咸阳人太多，先王的宫殿又小，于是在渭河以南的皇家园林上林苑中，仿集天下建筑之精华，营造一座新宫，这便是后来为人称道的阿房宫。由于工程浩大，秦始皇在位时只建成了一座前殿。《史记·秦始皇本纪》载："前殿阿房东西五百步，南北五十丈，上可以坐万人，下可以建五丈旗，周驰为阁道，自殿下直抵南山，表南山之巅以为阙，为复道，自阿房渡渭，属之咸阳。"其规模之大可以想见。秦始皇死后，秦二世继续阿房宫的建造，但秦王朝很快就垮台了，阿房宫终究成了未完成的宫殿。

秦亡千年以后，昔日辉煌的宫室早已成为废墟，被人遗忘，而晚唐诗人杜牧的一篇《阿房宫赋》又唤起了人们的历史记忆。这篇赋文也成就了杜牧的文名。

杜牧（803—853），字牧之，京兆万年（今陕西西安）人。他的祖父是唐代宰相杜佑之，由于家学渊源，因此他自幼好学，饱读诗书，而且对"治乱兴亡之迹，财赋兵甲之事，地形之险易远近，古人之长短得失”（《上李中丞书》）颇有研究。祖父与父亲相继去世后，杜家日益贫困，乃至“食野蒿藿，寒无夜烛”。杜牧 23 岁时写成《阿房宫赋》，当时他还不知道，自己的命运会在几年后因此文而发生转变。

杜牧像

据《唐摭言·公荐》记载，唐大和二年（828），侍郎崔郾奉命到洛阳主持进士科考试，百官都到城门外摆酒饯行。柳宗元好友、太学博士吴武陵也骑着毛驴前来。崔郾听说吴武陵到来，连忙离席迎接。吴武陵见到崔郾后，拍着他的肩膀说：“你担此重任是众望所归啊。我不能为朝廷排忧解难，不如为你推荐一位贤士。前些日子，我偶然发现了这次要参加考试的杜牧所写的《阿房宫赋》，写得太好了，这个人太有才了！崔侍郎你恐怕没有闲暇浏览此文，我为你诵读一遍吧。”说着吴武陵就从怀中掏出《阿房宫赋》读了起来。崔郾听后称赞不已。吴武陵接着要求崔郾在考试中将杜牧评为状元。崔郾面露难色道：“状元已经被他人预定了。”吴武陵大声说：“如果真当不了状元，那就让他以第五名进士及第吧。”崔郾还有些犹豫，吴武陵生气地说：“如果还不行的话，就把这篇赋还给我！”崔郾只好答应了。

于是这一年的二月，杜牧在洛阳高中进士。闰三月，又应制举贤良方正能直言极谏科，以第四等及第，随即授官弘文馆校书郎、试左武卫兵曹参军。

六王毕，四海一。蜀山兀，阿房出。覆压三百余里，隔离天日。骊山北构而西折，直走咸阳。二川溶溶，流入宫墙。五步一楼，十步一阁；廊腰缦回，檐牙高啄；各抱地势，钩心斗角。盘盘焉，囷囷焉，蜂房水涡，矗不知乎几千万落。长桥卧波，未云何龙？复道行空，不霁何虹？高低冥迷，不知西东。歌台暖响，春光融融；舞殿冷袖，风雨凄凄。一日之内，一宫之间，而气候不齐。

妃嫔媵嫱，王子皇孙，辞楼下殿，辇来于秦；朝歌夜弦，为秦宫人。明星荧荧，开妆镜也；绿云扰扰，梳晓鬟也；渭流涨腻，弃脂水也；烟斜雾横，焚椒兰也。雷霆乍惊，宫车过也；辘辘远听，杳不知其所之也。一肌一容，尽态极妍，缦立远视，而望幸焉。有不得见者，三十六年。

燕赵之收藏，韩魏之经营，齐楚之精英，几世几年，剽掠其人，倚叠如山。一旦不能有，输来其间。鼎铛玉石，金块珠砾，弃掷逦迤，秦人视之，亦不甚惜。

嗟乎！一人之心，千万人之心也。秦爱纷奢，人亦念其家。奈何取之尽锱铢，用之如泥沙？使负栋之柱，多于南亩之农夫；架梁之椽，多于机上之工女；钉头磷磷，多于在庾之粟粒；瓦缝参差，多于周身之帛缕；直栏横槛，多于九土之城郭；管弦呕哑，多于市人之言语。使天下之人，不敢言而敢怒。独夫之心，日益骄固。戍卒叫，函谷举，楚人一炬，可怜焦土！

呜呼！灭六国者，六国也，非秦也。族秦者，秦也，非天下也。嗟乎！使六国各爱其人，则足以拒秦；使秦复爱六国之人，则递三世可至万世而为君，谁得而族灭也？秦人不暇自哀，而后人哀之；后人哀之而不鉴之，亦使后人而复哀后人也。

《阿房宫图》袁耀（清）

《阿房宫赋》前后分两个部分，前部分着重描写与铺陈，分别从宫室建筑、宫中美女和珍宝三个方面铺写了秦朝统治者奢靡荒淫的生活。后人都以为阿房宫真如杜牧所云“覆压三百余里，隔离天日”，实际上，阿房宫的施工时间总共只有三年左右，工期如此之短，加上很多刑徒民夫还在修建骊山秦始皇陵，所以阿房宫最终只建成了一座前殿，不可能“覆压三百余里”。然而杜牧偏偏要极力渲染其宏大与瑰丽：“五步一楼，十步一阁。廊腰缦回，檐牙高啄。各抱地势，钩心斗角。”秦始皇在如此瑰丽的宫殿里，朝歌夜弦，沉溺于淫乐。歌曲让殿内如春光那样充满暖意，而舞袖飘拂似乎能带来寒意，由此导致一天之内、一宫之中天气迥乎不同，可想见阿房宫之大。

“明星荧荧，开妆镜也……有不得见者，三十六年。”这一段是全文最脍炙人口的段落。看似群星闪耀，实际是美人打开了梳妆镜；空中绿云飘动，实则是美人们梳理发髻；渭河泛起一层红腻，原来是美人泼掉的脂水；烟雾乍起，散出浓香，原来是美人点燃兰麝。皇上的宫车如雷霆般驰过，可惜很多宫女等了三十六年还未盼到皇帝驾幸……如此夸张的笔法，则秦始皇如何荒淫无度也就不言而喻了。

后一部分着重说理，总结了秦王朝灭亡的历史教训。“楚人一炬，可怜焦土”这八个字终结了以上所有的奢华纵乐。《古文观止》编者评“可怜焦土”云：“一篇无数壮丽，只以四字了之。”“秦人不暇自哀而后人哀之，后人哀之而不鉴之，亦使后人而复哀后人也”，更是犹如洪钟，警醒着后世的统治者。

杜牧写《阿房宫赋》已超出游记文学的初衷，而意在向当时的最高统治者提供历史教训。正如他自己说的：“宝历（唐敬宗的年号）大起宫室，广声色，故作《阿房宫赋》”。唐敬宗16岁继位，与宦官疯狂游乐，还欲在长安洛阳兴修庞大的宫殿，一度引发京师动乱，在位仅两年即被宦官谋杀。杜牧此文饱含愤慨、痛惜与哀怨。阿房宫因杜牧之笔而成秦皇奢侈暴虐之标志，以及秦亡之根本原因。阿房宫之盖世瑰丽与惨遭焚毁之前后对比，令后世偏于认定皇帝如大兴宫室即是亡国之兆。

不过，据《史记·秦始皇本纪》载，秦始皇修阿房宫本是因为“咸阳人多”“先王之宫廷小”，非为容纳美女和收藏珠宝。历史上的秦始皇每天必看奏章一百二十斤，看不完不休息，可见他并没有在阿房宫中溺于声色。秦始皇是个心怀宏大政治抱负的帝王，阿房宫选址上林苑中，是他意欲把都城移至渭南，以利于加强对关东地区的控制。考古学家们还发现，咸阳出土的文物一般都造型大、坚实牢固，着眼于实用，这正反映出当时秦国的社会风尚是讲究实效、不尚华饰，并不像杜牧所渲染得那样奢华无度。说来说去，造阿房宫当不是秦亡的根本原因，但《阿房宫赋》引发的思考却影响至深。

◎ 宋濂《游钟山记》

钟山又名“紫金山”，是南京城内最重要的名山。其山势蜿蜒逶迤，形如莽莽巨龙。唐人的《建康实录》和宋人的《六朝事迹编略》中都记载，公元 208 年诸葛亮到过南京，当时见到钟山后即脱口而出“钟山龙蟠，石城虎踞”。虽然后代史学家认为当年诸葛亮不可能在南京，但这句赞誉却决不为过。

宋濂（1310—1381），字景濂，号潜溪，别号玄真子、玄真道士，元末明初浦江（今浙江义乌）人。他自幼家贫，但聪敏好学，自谓“自少至老，未尝一日去书卷，于学无所不通”，因文才出众受到明太祖朱元璋的倚重，被誉为“开国文臣之首”。

宋濂像

1349 年，宋濂曾以养亲为名坚决拒绝元顺帝召请。1360 年，他应还是农民军领袖的朱元璋的召请，来到了应天府（今南京），任江南儒学提举。此时朱元璋虽然距称帝还有 8 年，但势力已成。宋濂常侍朱元璋左右，以备顾问，同时还奉命为朱元璋的长子朱标教授经学，极受重视。与他一同被征召的浙东名士还有刘基、章溢、叶琛。在当时，刘基、宋濂与高启并称“明初诗文三大家”。

到了应天府，钟山之游自是不可少。二月廿一日早晨，宋濂与刘基、夏允中同游钟山。

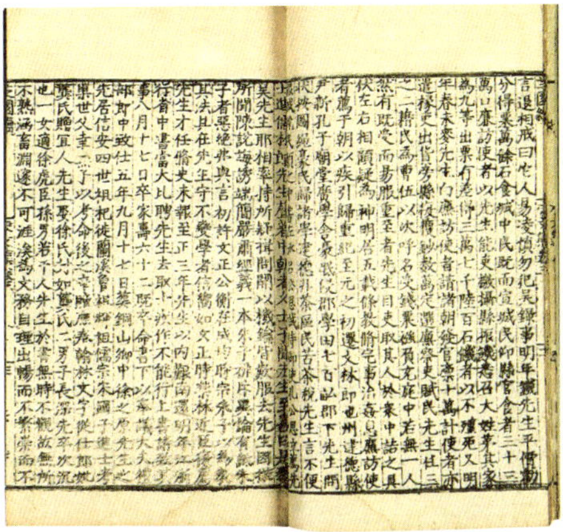

明刻本《宋学士文集》书影 宋濂撰

在城东门与钟山之间的路上，他们先经过了王安石的故居，即报宁寺。此处曾是谢安与王羲之登临处，北宋时王安石建为宅第，后来王又将其捐给佛门建造寺宇，宋神宗赐其名为“报宁寺”。王安石离世后即葬于报宁寺后的半山园。王安石在金陵度过了青年时代，又在此两度守孝、三任江宁知府，前后生活过二十年。他深爱钟山优美的景色，常骑驴到此游玩，钟山因此处处留下了他的足迹。例如宋濂看到珠峰大殿东有座木末轩，就是王安石所命名。站在这里俯视山脚，就像井底一样深不可测。在一小涧前有座定林院，是当年王安石闲来读书的地方。他还在庵内自建了一个供休息和写字读书的书斋，取名“昭文斋”，并且在此写下了《书定林院窗》《定林》《定林院昭文斋》等诗词，其中的《定林》尤为人称赏：“漱甘凉病齿，坐旷息烦襟。因脱水边屦，就敷岩上衾。但留云对宿，仍值月相寻。真乐非无寄，悲虫亦好音。”看来山中甘洌的泉水和清净的风光给了多病且因变法受挫而郁闷的王安石很多安慰。但是宋濂到这里时，早已不见舒王（宋哲宗时追封王安石为舒王）的读书之院，而被新建的雪竹亭取而代之。北宋人所画的舒王像及王安石曾用过的洗砚池也都废弃不存。

在道光泉，舒王所植的松树倒在地上，只有泉水“绀碧沉沉如故”。当晚宋濂三人就住在山上的太平兴国寺。

第二天，宋濂与刘、夏二人来到永春园，这个园子虽然不大，但是各种花草都很全，很是舒爽惬意。刘、夏二人因为身感疲倦，要停留于此。其实出游第一日这二人就没怎么动弹，在广慈丈室里耗掉了一天，今天两人干脆脱衣解帽于树上，坐下来靠着石头喝酒。而51岁的宋濂却表现出浓厚的探险精神，不惧夏允中山上有虎的警告，带着两个奴仆登上惟秀亭，然后沿着一条更险峻的道路向上攀行。

又折而东，路益险。予更芒屩，倚驺奴肩，踸踔行，息促甚，张吻作锯木声。倦极思休，不问险湿，蹀蹀据顿地。视燥平处不数尺，两足不随。久之，又起行。有二台，阔数十丈，上可坐百人，即宋北郊坛祀四十四神处。问蒋陵及步夫人冢，无知者，或云在孙陵冈。至此屡欲返，度其出已远，又力行登慢坡，草丛布如毡，不生杂树，可憩，思欲借褥茵卧，不去。坡右定林院基，望山椒无五十弓，不翅千里远，竭力跃数十步，辄止，气定又复跃。如是者六七，径至焉。大江如玉带横围，三山矶、白鹭洲皆可辨；天阙、芙蓉诸峰，出没云际。鸡笼山下接落星涧，涧水淲淲流。玄武湖已堙久，三神山皆随风雨幻去。西望久之，击石为浩歌。歌已，继以感慨。

宋濂毕竟年长，他换上草鞋后还是得借着奴仆的肩头摇摇晃晃地走，呼吸也越来越急促，自嘲曰“张吻作锯木声”。很快，他就累得像当年马第伯登泰山时那般狼狈，“倦极思休，不问险湿，蹀蹀据顿地。视燥平处不数尺，两足不随”。走走歇歇，他们来到了两座高台

南京钟山秋色（图片提供：微图）

上。台很宽阔，可坐百人。据宋濂的判断，这里不但是南朝宋的祀神之地，同时还应该有蒋子文与孙权夫人的陵墓。蒋子文乃汉末一大将，因逐贼死于钟山下，被孙权封为蒋侯，而孙权更将钟山一度改名为蒋山。此人之陵墓在钟山当是比较知名的，但竟无人知；更奇的是，孙权夫人的陵墓也无人知。唉，古今多少事，都付笑谈中，如此风流人物，却都已如逝水般烟消云散。宋濂并未在此处表露感情，但接下来的“至此屡欲返”一句可暗自传达出他内心之失望。

到了这里，他其实已经快接近山顶了。虽然失望，他还是勉力向上。这最后的攀登过程比较艰苦，很短的距离对已经筋疲力尽的他来说都远如千里。到山顶后，风光终不负他的一路辛劳，眼前“大江如玉带横围”，“天阙、芙蓉诸峰，出没云际。鸡笼山下接落星涧，涧水滮滮流”，一时眼前境象大开，视野无比开阔。在山顶上，宋濂终于忍不住“击石为浩歌”，他要把内心积聚的各种感情宣泄出来，放

南京钟山孙权墓

声高歌还不足，又“继以感慨”。

在山上还发生了一件趣事。夏允中警告他山上有虎时曾对他说，最近山上有僧人去采茶，老虎跟着进了寺院，虽然僧人及时把门关上了，但是老虎还是抓到了他的脸，颧骨上因此留下了伤疤。宋濂在竹林深处正走着，突然感觉到有腥风逆鼻，乌鸦也哇哇乱叫，他不禁想起了夏的警告，赶紧快跑起来，总是感觉身后有追逐他的动物。其间荆棘钩住了他的衣服，他跌倒了好几次，口干舌燥，终于来到七佛庵中，打算短暂躲避一下。这里曾是昭明太子萧统讲经之地，里面有乳白色的泉水，宋濂赶紧蹲下来舀取泉水喝，没想到尴尬之时再加一层尴尬，他的外衫不慎落入水中，竟然来不及捞出就被冲走了。喝完几大口泉水后，宋濂的精神恢复了不少。这七佛庵后有太子岩，即昭明太子读书的书台，他刚想入岩一游，庵内走出一僧来导引，此人脸上有一道新伤疤，一问，他竟然就是那个采茶之僧，看来有虎之说不是虚传。宋濂立马就没了访岩的心思，赶紧走了一条别径回去，其他如白莲池、定心石等诸多道教名胜，一概不去搜寻游览了。宋濂这趟独游真可谓是无险却有惊。有学者认为，他不惧疲倦和猛虎之说独达顶峰，表现出其胸怀大志，但一生事二君，内心中他还是潜怀顾忌的，所以最终还是舍岩而归。

与他结伴的刘夏二人在永春园大醉一场后，赋诗大笑，酒尽后早已又回到广慈休息。看到宋濂慌慌张张地跑回来，赶紧为其备酒压惊。此时宋濂倒是平静下来了，因为他只字不再提虎恐一事，而是记下了另外一件特别有趣之事。那就是喝到酒酣时，刘基竟然能静坐不动，别人不论是推他、玩弄他、引逗他还是出异响吓唬他，他都纹丝不动，完全昏醉过去。第三日，三人本欲游南齐周颙所命名的草堂寺，因为雨连绵不断，遂结束了这趟钟山之行。

宋濂的文辞简练典雅，记游如记事，对述古叙史的兴趣远多于描山摹水，这篇《游钟山记》可谓是典范。在文章末尾，他忍不住发了一通议论，说在江南的名山中，衡山、庐山、茅山和钟山是数得着的，虽然钟山没有高耸挺拔的万丈之势，但是能与其他三山并称，实在是因为它是古代帝王按秩次祭祀山川所景仰的地方。历代多少名人曾在钟山隐居，但是他们留下的遗迹大都不可再寻，只有割草打柴的孩子在凄风残照间跳跃嬉笑，令人倍感悲哀。不过如以达人的眼光来看，自己与两位挚友在风景佳胜之处开怀纵饮，这种短暂的乐趣却是千金不能换的。因此他在文章最后写道："山灵或有知，当使余游尽江南诸名山，虽老死烟霞中，有所不恨，尚何望哉？尚何望哉？"

作此文时，元朝面临覆灭，天下群雄逐鹿，朱元璋虽雄踞一方，但究竟鹿死谁手尚未成定局。宋濂虽然应召来到应天府，但感于乱世纷争，借游钟山来寄托感慨，表达了情愿“老死烟霞中”也无意于帝王之业的志趣。《游钟山记》这篇文章的构思就是从这一主旨生发而来的。

但宋濂之后也没有再去隐居。1368 年，朱元璋称帝，命纂修《元史》，宋濂担任总裁。至 1377 年他致仕还乡，十余年间起起伏伏，整体官运算是顺畅。他曾任翰林侍讲学士、知制诰，这个官职是负责起草诏令的，地位颇高，而且始终贵为太子师。宋濂告老还乡三年后，也就是 1380 年，因长孙宋慎牵连胡惟庸党案而被株连，曾将宋濂誉为“开国文臣之首”的朱元璋竟欲杀掉这位为他歌功颂德、服务了二十年的老臣，后经皇后、太子力劝，方改为全家流放茂州（今四川省茂汶羌族自治县）。次年五月二十日，宋濂在流放途中病死于夔州（今重庆奉节县），后谥文宪。

◎ 余怀《板桥杂记》

历史上的南京，总是逃不掉一次次的被摧毁被屠戮，南京在文人们的眼中大多是寂寞异常的，刘禹锡的“旧时王谢堂前燕，飞入寻常百姓家”，在暗淡的陈迹中感慨六朝的名士风流已成过往，饱含悲悯与讽喻之意。实际上，这座城市饱含更多的是沧桑感甚至悲剧感。也正因为这种悲剧感，即使刘禹锡、韦庄、李清照、辛弃疾、孔尚任、曹雪芹等并未生逢屠城时代，但在他们有关南京的作品中却总是不自觉地透露着人生如梦、世道沧桑的感觉。

难能可贵的是，在政治上屡遭压制的时候，南京城的精神生活、文化生活却总是令人击节称赏。尽管自隋时起帝都之位被夺，但从六朝以来的乘画舫、游秦淮却相沿成习，已然形成了南京人千百年来的日常生活时尚，杜牧的“烟笼寒水月笼沙，夜泊秦淮近酒家”（《泊秦淮》）正是对这种凡俗生活最自然不过的记录。明

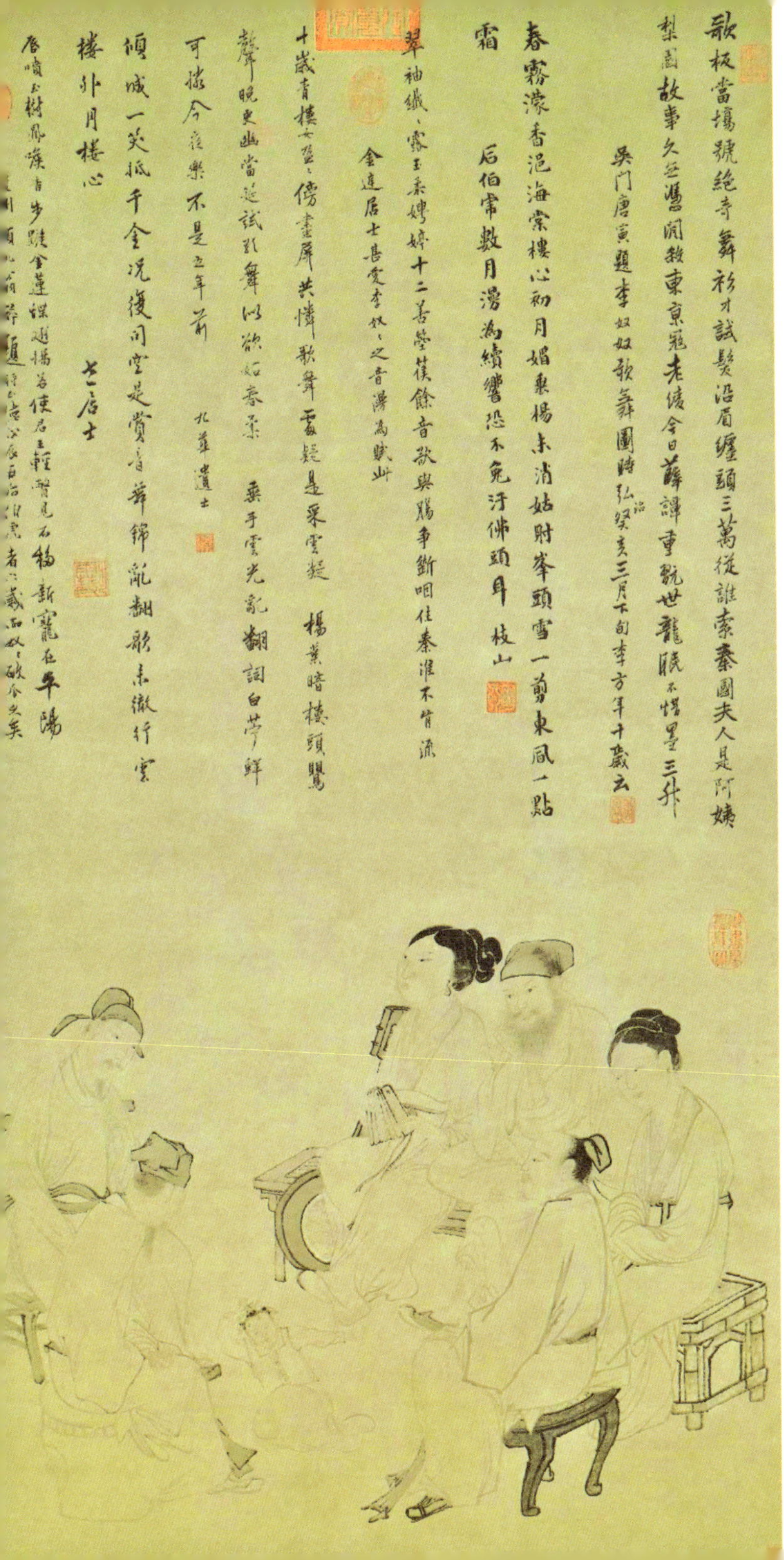
歌板當場號絕奇舞衫才試髮齊眉纏頭三萬從誰索秦國夫人是阿姨
梨園故事久無憑聞教東京冠老伶今日蘇譚重點出龍眠不惜墨三升
吳門唐寅題李奴奴歌舞圖時弘治癸亥三月下旬李方年十歲云

《歌舞图》吴伟（明）

清两朝，秦淮画舫更盛。《儒林外史》的作者吴敬梓曾寄居于秦淮水亭，画舫日夜从他家窗前过往，耳边因此时时飘过管弦之声，他在书中为后人描摹了当时的夫子庙与秦淮风情：“那游船的备了酒和肴馔及果碟到这河里来游；就是走路的人也买几个钱的毛尖茶，在船上煨了吃，慢慢而行。到天色晚了，每船两盏明角灯，一来一往，映着河里，上下明亮。自文德桥至利涉桥、东水关，夜夜笙歌不绝。又有那些游人买了水老鼠花在河内放，那水花直站在河里，放出来就和一树梨花一般。每夜直到四更时才歇。”字里行间饱含一种沉静的雅趣，虽是在小说里，却足可为遗传了六朝烟水气的南京人游秦淮的一个写照。

朱元璋称帝后游秦淮，还开创了秦淮灯船的传统。这个传统往往是在五月万物繁盛的时节，皇室带着几十条灯船，浩浩荡荡，从金水桥出发，船上、桥上多种灯彩交相辉映，两岸则人山人海，欢呼声震天动地，伴随着灯船上的音乐，一派君民同乐的太平景象。灯船所到之处，两岸的河房河厅都被染成灯彩的颜色，秦淮河仿佛变成了天上的街市，“火龙蜿蜒，光耀天地”。

南京既是明代的开国京师与陪都，明末时又为南明小朝廷所在地。明亡清兴后，这里寓居了不少前朝遗民，缅怀故国、反清复明的倾向比较强烈。六朝的兴衰起落本来就是古代文人挥之不去的情结，清代初年，金陵怀古风尚又再次迎来了一个高峰期。清初文人余怀的《板桥杂记》，就诞生于这样的历史背景中。

余怀（1616—1696）字澹心，一字无怀，号曼翁、广霞，晚年自号鬘持老人。他祖籍福建莆田，生长于南京。《板桥杂记》作于康熙三十二年（1693），介绍了明朝末年南京秦淮河南岸长板桥一带的旧院诸名妓的情况，以及有关方面的见闻。全书共分三卷，上卷“雅游”，中卷“丽品”，下卷“轶事”。文章表面上是对南

今天的秦淮河

京旧日裙屐笙歌、繁华往事的缠绵追忆，暗中却透出一股沉痛的兴亡之感。

金陵为帝王建都之地，公侯戚畹，甲第连云，宗室王孙，翩翩裘马，以及乌衣子弟，湖海宾游，靡不挟弹吹箫，经过赵、李，每开筵宴，则传呼乐籍，罗绮芬芳，行酒纠觞，留髡送客，酒阑棋罢，堕珥遗簪。真欲界之仙都，升平之乐国也。

……

秦淮灯船之盛，天下所无。两岸河房，雕栏画槛，绮窗丝障，十里珠帘。主称既醉，客曰未晞。游揖往来，指目曰：某名姬在某河房，以得魁首者为胜。薄暮须臾，灯船毕集，火龙蜿蜒，光耀天地，扬槌击鼓，蹋顿波心。自聚宝门水关至通济门水关，喧阗达旦。桃叶渡口，争渡者喧声不绝。

有意思的是，十里秦淮一水相隔，河两岸一边是南方地区会试的总考场——江南贡院，这关乎举子的功名、上进；另一畔却是教坊名妓聚集之地，“一带妆楼临水盖，家家粉影照婵娟”，她们自然是要引诱士人来买醉销金的。《板桥杂记》最早记载了顾横波、董小宛、卞玉京、李香君、寇白门、马湘兰这六位秦淮名妓，后人又加入了柳如是、陈圆圆，总称“秦淮八艳”。八艳的绝代芳华，文人、帝王、将相与八艳之间的风流韵事，以及八艳在明末清初举足轻重的历史作用都让这“六朝烟月之区，金粉荟萃之所”艳至极致。今日之读者无论如何追慕，都无法还原当时那种金粉楼台鳞次栉比、画舫凌波、桨声灯影的盛况。

其实南京不仅是一个奢华的都城，也是一个具有厚重文化底蕴的名城，如“石头城”的别名一样，它是一块凝聚着浓厚历史的巨石，承载着太多的记忆、风雨和伤痕。北京、西安、洛阳等古都由于经历的战争洗礼相对较少，世人最先看到的往往是它们辉煌的宫殿和墓穴，而南京留下的却是笼罩全城的深重的历史烟云，只有在南京的古街上才能听到这从六朝静静地、稳稳地传来的声音。无论是漫步在中山大道上、漂摇在秦淮河里，还是站在巍巍的紫金山顶，游者都会冷静地思考，思考过去，思考未来。